works

3

노조미 코타

Illust
시노

독신 미인 상사에게

퇴근길,

부탁받아서

"……사네자와.
여자가 마르고 싶은 건
남자를 위해서가 아니라
자기 자신을 위해서야.
물론 남자를 위하는 마음이
아예 없지는 않지만
첫 번째는 뚱뚱한 자신을
용납할 수 없으니까— 앗."

On my way home from work, my beautiful single boss
asked me to do something for her.

"저는 과장님의 본심을
듣고 싶어요.
사네자와를
어떻게 생각하시죠?"
"……윽."

On my way home from work, my beautiful single boss
asked me to do something for her.

YUIKO SENTIMENTAL MODE

On my way home from work, my beautiful single boss asked me to do something for her.

조금만 더, 조금만 더.
그렇게 적당한 관계가—
오래 이어질 수 있을 리 없는데.

CONTENTS

○

010 ——— 프롤로그

024 제1장 모노우 과장님의 문병

038 제2장 모노우 과장님과의 약속

048 제3장 모노우 과장님과 크리스마스이브

074 제4장 모노우 과장님과 새해

086 제5장 모노우 과장님과 파충류

096 제6장 사네자와 하루히코의 각오

114 제7장 모노우 과장님과 카노마타 미쿠

136 제8장 모노우 유이코와 사네자와 하루히코

170 ——— 에필로그

182 ——— 작가 후기

On my way home from work, my beautiful single boss
asked me to do something for her.

퇴근길, 독신 미인 상사에게 부탁받아서

3

노조미 코타 지음 / 시노 일러스트 / 조민경 옮김

프롤로그

주말을 앞둔 금요일―.

여느 때처럼 부탁받아 모노우 씨의 집으로 향했다.

"어서 와."

"실례하겠습니다."

실내복 차림의 모노우 씨가 맞이해 주었다.

밤 8시가 넘은 시각.

평일에 페어링을 부탁받으면 대개 이 정도의 시간에 집에 찾아온다.

평범한 연인이라면 퇴근길에 함께 밥을 먹고 그 길로 둘 중 한 명의 집에 가면 될지도 모른다.

하지만 우리는― 연인이 아니다.

누구에게도 말할 수 없는, 비밀스러운 관계.

퇴근길에 당당히 함께 갈 수 없고…… 이유도 없이 함께 저녁을 먹는 것도 꺼려진다.

그러니 저녁은 각자 해결한 뒤 다시 이 집에 모인다.

그것이 일종의 패턴이 되었다.

"이건 부탁하셨던 세제예요. 사 왔어요."

"고마워. 미안해. 갑자기 심부름을 시켜서."

"아니에요. 이 정도는 식은 죽 먹기인걸요. 그리고 겸사겸사 무알코올 하이볼도 좀 사 왔는데."

"정말? 고마워. 마침 다 떨어져 갔거든."

"냉장고에 넣어 둘까요?"

"응, 부탁할게."

허락을 받은 뒤 냉장고를 열었다.

그리고 사 온 캔을 순서대로 넣었다.

모노우 씨는 좀처럼 밥을 해 먹지는 않는지 냉장고 안은 늘 텅텅 비어 있었다. 시리얼용 우유와 두유. 그리고 냉동식품 정도밖에 없었다.

처음에는 그런 냉장고를 내게 보여주기 싫었던 모양이지만, 지금은 쉽게 보여준다.

사소한 심부름을 하는 김에 함께 사 온 술을 냉장고에 넣는다.

그런 일은 허락되었다.

작은 변화일지도 모르지만…… 어쨌든 변한 것 같다.

이 페어링을 막 시작했을 무렵과는 크게 변했다.

"어떻게 할래? 영화라도 볼까? 앗, 그러고 보니 마침 그 영화가 공개됐지? 우리 회사 만화가 원작이고, 작년에 우리 둘도 잠깐 영업했던 그―."

거실에 걸어 나온 모노우 씨를― 뒤에서 끌어안았다.

꽈악, 하고.

단단히, 하지만 부드럽게.

"……잠깐. 어쩌려고?"

모노우 씨는 말했다.

어쩐지 진저리 치는 말투였지만, 분노의 감정은 없었다.

"그게, 참을 수가 없어서요."

"나 참…… 하여튼 조절을 못 한다니까."

한숨을 쉬었지만, 포옹을 떼치지는 않았다.

끌어안은 몸에서는 은은하게 보디소프 향기가 났다.

내가 오기 전에 샤워를 했으리라.

날 불러낼 때 모노우 씨는 항상 미리 샤워를 하는 등 다양한 준비를 마친다.

알고 있다.

나는 이제 그 정도는 파악하고 있다.

모노우 씨는 이미 준비를 마치고 계기를 기다릴 뿐.

"그만 시작해도 될까요?"

나는 물었다.

고동은 쿵쿵댔지만, 그렇게까지 긴장되거나 두렵지는 않았다.

제법 적극적이고 직접적인 제안이었지만, 내가 생각해도 놀랄 정도로 매끄럽게 말할 수 있었다.

그러자 품 안에 있던 모노우 씨가 그 자리에서 빙글 돌아 나와 마주했다.

서로를 정면으로 바라보았다.

"……못 말린다니까."

진저리 치듯, 그러면서도 어딘가 기쁜 듯 모노우 씨는 말했다.

살짝 까치발을 들며 내게 안기더니 입술을 포갰다.

그리고— 시작되었다.

우리의 페어링이.

아무에게도 말할 수 없는, 우리만의 특별한 행위가.

몇 달 전—.

어느 날 회식 이후, 나는 모노우 씨에게 호텔에 가자는 제안을 받았다.

거기서 들은 그녀의 바람.

—이제부터 나와— 아이 만들기만 해 주지 않을래?

결혼도 연애도 할 마음은 없다.

하지만 아이만은 원한다.

그러니 안성맞춤인 여자라고 생각하고 정기적으로 안아 주면 좋겠다.

그것이 그녀의 부탁.

갈등 끝에…… 나는 그 부탁을 받아들였다.

그 후, 이런저런 우여곡절은 있었지만, 아직 그녀는 임신하지 않았고 몸뿐인 관계는 이어지고 있다.

그녀에게 불려 나와 피임 기구도 사용하지 않고 몸만 섞는 관계—.

"……뭐랄까, 불러 놓고 이런 말을 하기는 좀 그렇지만."

일련의 행위가 끝난 뒤.

서로 숨을 고르며 마구 벗어둔 옷을 다시 입은 뒤 모노우 씨가 문득 입을 열었다.

"사네자와, 질리지도 않네."

진저리와 감탄이 뒤섞인 듯한 목소리였다.

"질리지 않는다니…… 뭘요?"

"그러니까, 그, 뭐랄까…… 나랑 하는 섹스 말이야."

"섹……."

조용히 뱉은 모노우 씨의 말에 나도 모르게 말문이 막혔다.

"벌써 꽤 여러 번 했는데."

"……아뇨, 안 질려요."

질릴 리가 없다.

질리기는커녕 오히려 한층 더…… 아니, 뭐, 응.

"뭐, 질려도 충격이긴 하지. 하지만…… 아무리 그래도 기운차고 늘 의욕이 가득해."

"……윽."

"특히…… 가슴에 집착이 대단해."

"─윽!"

"사네자와는 할 때 틈만 나면 가슴을 만지잖아……."

"그, 그건…… 그야, 아니, 하지만, 저기, 그게."

약간 차가운 눈으로 바라보았기에 어이없으리만큼 말을 더듬고 말았다.

아니, 하지만 어쩔 수 없잖아?!

왜냐하면─ 만져도 되는 가슴이 여기 있으니까!

그야 만지지!

만져대지!

"뭐…… 네. 그야 만지죠. 저도 남자니까요."

"안 질려?"

"질리지…… 않아요."

안 질린다.

영원히라도 만질 수 있다.

왜일까?

"그렇게 가슴이 좋아?"

"……그야 뭐."

"흐으음."

약간 깔보는 듯한, 의미심장한 반응.

아니, 이게 뭐야?!

아까부터 이 시간은 뭐냐고!

"호, 혹시 싫으시면 조금은 자중할게요."

"딱히 싫은 건 아니지만…… 그저."

"그저?"

"귀여워서."

큭큭 웃었기에 뺨이 확 뜨거워졌다.

"덩치가 그렇게 크고 다부진데 갓난아기처럼 가슴에 몰두하다니. 후훗, 좀 재미있어."

"……귀여운 거라면."

받아치고 싶어졌다.

내게도 자존심이 있다.

"행위 중일 때 모노우 씨도 아주 귀여워요."

"—윽?!"

"평소 목소리가 가짜인 것처럼 달콤한 목소리를 내잖아요? 오늘도—."

"스, 스톱! 그만해!"

얼굴을 새빨갛게 물들이고 화를 내며 베개로 때리는 모노우 씨.

"나 참! 시, 실례잖아, 사네자와! 행위가 끝난 뒤에 행위 중의 일을 놀리다니! 매너 없네!"

"……아무리 생각해도 그쪽이 먼저."

"말대답 금지! 감봉할 거야!"

"끔찍한 직권 남용이잖아요……."

화난 모노우 씨는 침실에서 나갔다.

유치한 행동이 참을 수 없이 사랑스러웠다— 그리고 그런 태도를 가감 없이 내게 보여주는 것이 참을 수 없이 기뻤다.

오후 열 시경—.

코트를 걸치고 현관에서 신발을 신었다.

평범한 연인이라면 이렇게까지 귀가가 늦어지면 자고 가는 것이 보통일지도 모른다.

하지만 우리는 연인 사이가 아니다.

이유도 없이 자고 갈 수는 없을 것이다.

……뭐, 이 집에서는 어쩌다 보니 몇 번인가 자고 가기는 했지만, 그렇다고 해서 적당히 흘러가는 건 좋지 않다. 분명한 선을 그어야 할 것이다.

현관문을 열자 바깥의 차가운 공기가 들어왔다.

"우와, 추워라……."

"요즘 들어 확 추워졌네."

"그러게요. 이제 겨울이네요……."

"그러게……."

"…………."

이제 한 발 내디뎌 문을 닫고 돌아갈 뿐.

그런데 나는 발을 멈추고 말았다.

모노우 씨도 뭔가 하고 싶은 말이 있는 얼굴로 이쪽을 보았고, 일순 형언할 수 없는 침묵이 생겨났다.

"……저기."

내 입에서 목소리가 튀어나왔다.

"왜 그래?"

"그게…… 뭐랄까."

제대로 말이 나오지 않았다.

"추, 추워졌으니 감기 걸리지 않게 조심하세요."

"……응, 알았어."

"그럼 또 봬요."

17

"응, 또 봐."

작별 인사를 마치고 문을 닫았다.

맨션을 나서 차가운 밤공기를 맞으며 역으로 향했다.

어두컴컴한 밤길을 걷자,

"……하아."

자연스레 무거운 한숨이 새어 나왔다.

"……말할 걸 그랬어."

떠나올 때 고민 끝에 하지 못했던 한 마디.

그것은—.

"하지만 역시 말할 수 없어. '오늘 자고 가도 될까요?'라는 말은."

가능하면— 그 집에서 자고 싶었다.

더 함께 있고 싶었다.

같은 집에서 같은 공기를 공유하고 싶었다.

어차피 내일은 휴일이고, 여차하면 또 데이트라든지—

아니.

아무리 그래도 너무 뻔뻔하다.

아무리 거리가 좁혀졌대도 선은 지켜야 한다.

"…………."

내가 생각해도 정말 신기한 상태에 빠졌다.

섹스는 적극적으로 말을 꺼내게 되었는데 '조금 더 같이 있고 싶다'는 한마디를 못 하다니.

성욕은 전할 수 있는데 마음은 전하지 못하다니.

나는 그녀를, 모노우 씨를 사랑한다.

좋아하면 안 되는데…… 좋아하게 되었다.
—어느 한쪽이 진심을 품는다면 이 관계는 종료한다.
처음에 나눈 서약을 벌써부터 깨고 말았다.
그래서 지금은 필사적으로 사랑하는 마음을 감추고, 정기적으로 섹스만 하는 관계를 어떻게든 유지하는 상태였다.
"……춥다."
코트 깃을 세웠다.
우리의 페어링이 시작된 지 반년이 지났다.
12월 첫째 주.
봄의 끝자락에 시작된 이야기는 차가운 계절을 맞이했다.

문이 닫히자 나는 거실로 돌아왔다.
현관에서 들어온 바깥 공기가 실내 온도를 조금 낮추었다.
그래서인지…… 어쩐지 마음도 차가워졌다.
아무도 없는 집에서 쓸쓸함을 느꼈다.
침실로 시선을 옮기자 자연스레 아까까지 한 행위가 뇌리에 되살아났다.
피부로 느낀 상대의 체온, 땀이 떨어질 정도의 열기를

동반한 행위…… 그러한 열량이 지나간 지금은 허무함과 애절함이 짙어졌다.

"……자고 가면 좋은데."

문득 말이 입 밖으로 흘러나왔다.

정말…… 왜 말해 주지 않는 거야?

내일은 휴일이고, 이렇게 시간이 늦었으니 자고 가면 되는데. 이미 몇 번인가 자고 간 적이 있으니 말만 하면 거부하지 않을 텐데.

사양하지 않아도 되는데.

아니면…… 내가 먼저 말할 걸 그랬나?

사실은 말하고 싶었다.

하지만 말할 수 없었다.

겨우 참았다.

왜냐하면…… 이상한 것 같았으니까.

그런, 마치 연인 같은 짓을 부탁하는 건.

할 수 없었다.

그의 마음을 짐작하기에 말할 수 없었다.

"…………."

알고 있다.

나는 이미 알아챘다.

사네자와는 나를 좋아할 것이다.

그의 호감은 너무나도 알기 쉽고, 더구나 자각하지 못할 정도로 나는 어리지도 둔감하지도 않다.

사실은 지금 당장— 지금의 관계를 끝내야 할 것이다.

성욕이 아니라 호감을 이용하는 관계는 너무나도 치사하다.

그에게 관계 해소를 고하고 본래의 상사와 부하 직원으로 되돌아가야 한다.

알고 있다.

알고 있는데.

그런데 나는— 아무 말도 하지 못하고 있다.

그의 마음을 모르는 척하며 지금의 관계를 유지하고 싶어 한다.

조금만 더, 조금만 더.

결론을 질질 끄는 사이에 계절이 바뀌었다.

"…………."

난방을 조금 높였다.

올겨울은 한층 더 추울 것 같았다.

나중에 돌이켜 보면.

모든 게 끝나고 나서 돌이켜 보면.

우리 둘 다— 이 단계에서 착각했을 것이다.

모르는 척하고 있다고 생각했다.

자기 마음도, 상대방의 마음도.

모르는 척하며 잘 넘어가고 있는 줄 알았다.

둘 다 주제 파악을 하고 있는 줄 알았다.

나도.

그녀도.

자신의 마음에 선을 긋고, 명료하지는 않아도 안성맞춤인 관계를— 어른의 관계를 잘 유지하는 줄 알았다.

그런 관계는— 얇은 빙판 위를 걷는 것과 다름없었는데.

아마 둘 다 마음속 어딘가에서는 위험을 감지했을 것이다.

하지만 우리는 불안에서 눈을 돌리고, 언젠가 올 끝을 보지 않으며, 편안한 관계에 빠져들었다.

그렇게 적당한 관계가— 길게 이어질 수 있을 리 없는데.

우리는 다 알고 있었을 텐데.

제1장 모노우 과장님의 문병

주말이 지나고 월요일.

감기에 걸려 출근하지 못했다.

"……한심하네."

이불 속에서 중얼거렸다.

토요일부터 몸이 좋지 않았고, 일요일에 열이 났다.

월요일─ 오늘도 열이 떨어지지 않아서 회사에 연락해 병가를 냈다.

열 때문에 머리가 멍했고, 당연히 기분도 가라앉았다.

정말…… 한심해.

이렇게 쉽게 감기에 걸리다니.

아니, 딱히 감기 때문에 출근을 못 해서 미안하다는 기특한 마음은 아니다. 예전이라면 몰라도 현대 사회에서는 열이 나면 쉬는 게 사회인의 매너일 것이다.

다만 금요일에…… 모노우 씨에게 '추워졌으니 감기 걸리지 않게 조심'하라는 소리를 했단 말이지.

떠나면서 그렇게 폼을 잡아 놓고 내가 감기에 걸리다니.

좀 창피하다…….

게다가 직장이 같으니 모노우 씨에게는 바로 들통이 날 것이다.

아니.

직속 상사이니 그녀에게 쉬겠다고 연락을 했고.

"알았어. 오늘은 푹 쉬어"라고 간결한 대답이 돌아왔지만, 마음속으로는 무슨 생각을 하고 있을까?

한심한 마음으로 이불 속에서 눈을 감았다.

그 뒤로는 자다 깨다 몽롱한 의식으로 하루가 지났다.

저녁에 열을 재니— 37.2도.

드디어 미열 정도로 내려갔다.

이 상태라면 내일은 회복할 것이다.

"……아, 참, 스마트폰."

낮에 배터리가 다 됐는데 충전할 기력도 없어서 방치한 채 잠들었다.

충전기를 꼽고 전원을 켜자— 두 건의 새로운 연락이 있었다.

한 건은 동료인 쿠츠와.

쉬는 나 대신 일을 하게 된 데 대한 불평과, 다음에 한턱내라는 농담. 적당히 이모티콘으로 답했다.

그리고 다른 한 건은—.

"……모노우 씨."

상대에 놀라고 내용에도 놀랐다.

『괜찮으면
식사라도 좀 사 갈까?』

응? 이게 뭐지?

그러니까…… 모노우 씨가 우리 집에 온다고?

문병을 와 준다고?

보낸 시간은…… 두 시간 전?!

나는 당황하면서도 급히 답장을 보냈다.

『죄송해요!

자느라 지금 봤어요.

저희 집에 와 주시겠다는 말씀이세요?

정말 감사하지만

어째 죄송하네요.』

바로 답장이 왔다.

『신경 쓰지 마.

그보다

벌써 왔어.』

……벌써 왔다고?!

우리 집 주소를 알고 있는 건 딱히 놀랍지 않다.

평소 대화하며 어디에 사는지는 말한 적이 있다.

내가 답장을 보냈을 무렵에 모노우 씨는 이미 근처까지

와 있었던 모양이다.

그때 자세한 주소와 호수를 알려줬고 모노우 씨가 왔다.

"……여기가 사네자와네 집이구나."

모노우 씨는 우리 집을 둘러보며 중얼거렸다.

퇴근길의 슈트 차림으로 양손에는 비닐봉지가 들려 있었다.

"죄송해요. 여기까지 오시게 하고……. 저기, 뭐 마실 거라도."

"아, 아니야. 환자는 쉬고 있어."

"하지만."

"괜찮다니까."

모노우 씨는 내 말을 가로막으며 비닐봉지를 테이블에 놓았다.

"여기, 이것저것 사 왔어. 음료수라든지 젤리 같은 거. 죽이랑 우동도 있고, 비타민C를 섭취할 수 있는 귤도……."

사 온 물건을 빠르게 설명하던 모노우 씨의 목소리가 점점 작아졌다.

"……미안해. 역시 민폐였나? 갑자기 쳐들어와서."

"아, 아니에요! 기뻐요. 그보다…… 제가 답장하지 않은 게 잘못이죠."

모노우 씨는 미안한 듯 말을 이었다.

"전에 내가 열났을 때는 사네자와가 간호해 줬잖아? 그래서 이번에는 나도 뭔가 해 줘야겠다 싶어서."

"……모노우 씨."

"게다가."

말하기 힘든 듯 입을 뗐다.

"감기 걸린 이유가…… 아무리 생각해도 금요일 일이잖아."

"…………."

"그렇게 많이 운동하고 땀도 많이 흘렸는데 추운 날씨에 서둘러 돌아갔으니까."

"…………."

뭐, 그렇겠지.

아무리 생각해도 그 일련의 흐름이 원인이겠지.

솔직히 금요일 귀갓길은 엄청나게 추웠다.

"겨울 페어링은 방식을 좀 생각해 보는 게 좋을지도 모르겠어. 끝나고 바로 밖에 나가는 건 아무리 생각해도 몸에 안 좋으니까."

"하지만 너무 꾸물거리면 막차가……."

"그거라면……."

조금 말하기 어려운 듯 눈을 피하며 모노우 씨는 말을 이었다.

"자고 가면 되잖아?"

"……그래도 될까요?"

"어쩔 수 없잖아. 또 감기에 걸리면 안 되니까. 벌써 몇 번이나 자고 간 적이 있으니 이제 와서 마음 쓰지 않아도 돼."

"…………."

"시, 싫으면 다른 방법을 생각해 볼게."

"아뇨, 모노우 씨가 괜찮다면 기꺼이 그럴게요."

호박이 넝쿨째 굴러들어 왔다고 해야 할까? 내가 말을

꺼내지 않고도 모노우 씨의 집에서 자고 갈 수 있게 된 모양이다.

감기에 걸리는 것도 가끔은 나쁘지 않은 것 같다.

"열은 괜찮아?"

"많이 내렸어요. 아까 재 보니 조금 남은 정도더라고요."

"그래? 하지만 방심은 금물이야. 감기는 다 나아 갈 때가 제일 중요하거든."

모노우 씨는 그렇게 말하며 내게 침대에 누우라고 재촉했다.

"사네자와는 쉬어. 내가 돌봐 줄 테니까."

"네……? 아뇨, 그건 죄송해서."

"사양하지 마."

억지로 밀어붙였다.

내가 침대에 앉자 모노우 씨는 우선 방 청소를 시작했다.

평소에는 그럭저럭 정돈되어 있지만, 지난 며칠은 감기 때문에 청소를 하지 못했다. 아무렇게나 벗어 놓은 잠옷과 마시다 만 페트병 등이 방구석에 가득했다.

"죄송해요. 지저분해서."

"신경 쓰지 마. 몸이 아프니 어쩔 수 없지."

싫은 표정 하나 짓지 않고 모노우 씨는 청소를 계속했다.

벗어 놓은 옷을 정성껏 개고 쓰레기를 봉지에 모았다.

그리고 이어서 방구석에 아무렇게나 놓여 있던 책에— 앗.

아니, 잠깐만.

잠깐 기다려!

"자, 잠깐만요!"

"응?"

나의 외침에 책에 뻗은 손을 멈춘 모노우 씨.

"왜 그래……?"

"아뇨, 저기, 그게."

큰일이다.

저기에는 최근에 산 책이 아무렇게나 놓여 있다.

대부분은 봐도 딱히 문제없다. 업무와 관련된 책이니까.

하지만 딱 한 권.

딱 한 권— 여성이 본다면 너무나도 곤란한 책이 있다.

"채, 책은…… 치우지 않으셔도 돼요. 나중에 제가 치울게요."

"왜? 이런 건 금방 끝나."

"그건 그렇지만…… 역시 책은 직접 치우고 싶다고나 할까. 소장한 책은 아주 사적인 거라서……."

"뭐? 혹시 야한 책이라도 있어?"

"—윽?!"

눈에 띄게 반응하는 나.

"나 참, 왜 당황하나 했더니."

고개를 저으며 한숨을 내쉬는 모노우 씨.

"있잖아, 사네자와. 나도 다 큰 어른이니 야한 책 한두 권 정도는 아무렇지도 않아."

"그, 그럴지도 모르지만……."

알고 있다. 모노우 씨는 성인 여성이다. 가령 여기서 야한 책이나 DVD를 발견한대도 화를 내거나 놀리지 않을 것이다. 남자의 생태를 이해하고 적당히 눈감아 줄 것이다.

하지만…… 아니다.

그곳에 있는 건―.

"그나저나 요즘 세상에 야한 책이라니……. 사네자와, 의외로 고전적이네. 요즘 남자는 그런 걸 다 스마트폰으로 해결하는 줄 알았는데― 윽."

모노우 씨는 어이없이 말하며 책을 정리했지만, 한 권의 책을 손에 든 순간, 완전히 움직임이 경직되었다.

그 제목은―.

『여성을 섹스로 만족시키는 열두 가지 방법』

"…………."

"…………."

과하리만큼 어색한 분위기가 흘렀다.

우와아, 최악이다.

어째서…… 어째서 나는 이 책을 전자 서적으로 사지 않은 거냐! 출판사 영업 사원으로서 평소 사적으로도 많은 서점을 돌아다니는데…… 그때 나도 모르게 사고 말았다.

좀 부끄러운 책이지만, 다른 업무용 책 사이에 끼우면 되겠거니 하는 가벼운 마음으로.

"……사네자와."

"……네."

"일단 확인하겠는데…… 지금 나 말고 그런 상대는 없지?"

"그렇……죠."

당연히 현재 모노우 씨 말고 밤 상대를 해 주는 여성은 없다. 그렇다면 필연적으로 내가 누구와 행위할 때를 위해 이 책을 샀는지는 바로 알 테고…….

우와…… 미치겠네. 창피해. 죽고 싶어.

심플하게 야한 책이나 DVD를 발견하는 편이 나았다.

"……어쩐지 요즘 이것저것 해 주더니만."

툭 뱉은 그 말에 수치심으로 마음이 꺾일 것만 같았다.

"『여섯, 귀를 공들여 공략하라』라니……. 아아, 그래서 저번에 갑자기 귀에 바람을 분 거구나…….."

"──윽!"

누가 나 좀 죽여 주라!

너무 창피한데!

자작시를 낭독할 때보다 창피한데!

"나 참…… 정말이지…… 사네자와는 뭐랄까, 좀…….."

진저리 치는 얼굴로 '좀'을 반복하는 모노우 씨.

그야말로 어이가 없어서 말도 안 나오는 모양이었다.

"……죄송해요."

"딱히 사과할 건 없지만."

"역시 그…… 남자로서 불안한 부분은 있어서요. 여하튼 경험이 적으니까요."

"신경 쓰지 않아도 되는데……. 이런 책에 기대지 않아도 충분히―."

"네?"

"아……."

의미심장한 공백 후, 모노우 씨는 뺨을 화악 물들이고,

"그, 그나저나 이 책 장정이 훌륭하네! 어느 사무소지?!"

하고 온 힘을 다해 말을 돌렸다.

"……그러게요!"

말을 돌리고 싶은 건 나도 마찬가지였기에 온 힘을 다해 편승했다.

"어디서 한 걸까……? 아아, 카와모토 디자인이구나……. 역시 거긴 센스가 있어. 책 제목이 직접적이지만, 스타일리시하게 만들어서 거부감을 줄인 거지."

"듣고 보니 그렇네요."

"우리가 이런 책을 낼 때도 저속한 방향으로 가기보다는 서점에서도 손이 가도록 세련된 노선의 디자인을 하는 게 좋을지도 몰라."

"맞는 말씀이에요."

아무튼 최선을 다해 일 이야기를 하는 우리였다.

정리를 마친 뒤에는 모노우 씨가 사 온 저녁을 먹었다.

모노우 씨는 편의점 도시락이고, 나는 전자레인지에 데워 먹는 우동이었다.

몸 상태도 식욕도 많이 회복되었기에 다 먹을 수 있었다.

식후에는— 둘이서 귤을 먹었다.

"우리 집에서는 감기에 걸리면 귤을 먹었어."

귤껍질을 벗기며 모노우 씨가 진지하게 말했다.

슈트 차림의 모노우 씨가 정성껏 주황색 껍질을 벗기는 모습은 어쩐지 조금 언밸런스한 광경으로 보였다.

"내가 열이 나면 늘 엄마가 사 왔어. 비타민C를 섭취하면 금방 낫는다면서."

"저희 집은 바닐라 아이스크림이었어요. 차갑고 먹기 편하고 칼로리도 섭취할 수 있으니까요."

"집마다 그런 게 있구나."

그렇게 말하며 모노우 씨는 계속해서 껍질을 벗겼다.

바깥 껍질을 부채꼴로 벗긴 뒤 안쪽의 알맹이를 하나씩 떼어 하얀 귤락을 하나하나 정성껏 제거했다.

그리고 모든 귤락을 제거한 뒤 드디어 하나를 입에 넣었다.

"모노우 씨는 깔끔하게 떼어 내고 드시는 스타일이시군요?"

"응? 아…… 그러고 보니 그렇네."

무의식적인 습관이었는지 살짝 놀라는 모노우 씨.

참고로 나는 하얀 굴락이 있어도 전혀 신경 쓰지 않는 스타일이다.

"……이것도 부모님의 영향일까? 어렸을 때는 늘 엄마가 굴락을 떼어 내 줬거든."

부드러운 미소를 지으며 말했다.

"내가 부탁하면 투덜거리면서도 다 떼어줬어……. 난 거기에 완전히 의지했고…… 중학교에 들어갈 때까지 엄마가 떼어 줬던 것 같아."

"상상이 안 되네요. 그런 어리광을 부리는 모노우 씨라니."

"내게도 어린 시절은 있었어."

모노우 씨가 조금 토라진 듯 말했다.

"사춘기도 반항기도 남들만큼 있었어. 취직하고 자취를 시작한 뒤에도 초반에는 매일 같이 엄마에게 전화를 했어……."

고요한 목소리로 말을 잇는 모노우 씨.

"말 안 했는데…… 나, 아빠가 없거든."

"…………."

"엄마 혼자 나를 키웠어. 내게는 세상에서 하나뿐인, 가족이라 부를 수 있는 사람……."

떠올렸다―.

전에 레스토랑에서 들었던 모노우 씨의 결혼과 이혼 이야기.

전에 들었을 때는― 결혼한 계기도, 그리고 이혼한 뒤

후회도, 모노우 씨는 어머니를 중심으로 말했던 것 같다.

결혼은 어머니가 권한 맞선이 계기.

이혼 결정에 후회는 없고, 상대에게 미련도 없지만……
유일하게 어머니를 낙담시킨 게 크게 후회된다.

그리고 지금.

나와 특수한 관계를 맺고 아이만을 바라는 것도 어머니
에게 들었던 "아이만은 빨리 낳으렴"이라는 말이 관계된
것처럼 보였다.

모노우 씨에게 어머니는 정말로 커다란 존재일 것이다.

"……앞으로 은혜를 갚아야겠네요."

나는 말했다.

깊게 생각한 건 아니고, 어쩌다 떠오른 말이었다.

모노우 씨는 잠시 틈을 둔 뒤,

"그러게."

라며 고개를 끄덕였다.

"제대로 은혜를 갚아야겠지. 지금까지 많이, 많이, 돌봐
줬으니까."

어딘가 아련하면서도 강한 결의가 밴 목소리였다.

"사네자와는 어때?"

"네?"

"본가에 자주 가?"

"……잘 안 가요. 부모님도 딱히 볼일이 없으면 안 와도
된다시거든요."

"안 돼. 볼 수 있을 때 잘 봐 둬야지."

모노우 씨는 말했다.

"부모님이 언제까지 건강하실지 모르니까."

그 말에는 묘한 무게가 있어서 나는 조용히 고개를 끄덕였다.

제2장 모노우 과장님과의 약속

12월, 둘째 주—.

몸이 회복된 나는 화요일부터는 평범하게 출근하고 평소처럼 일하기 시작했다.

식품이나 패션 업계 등에 비하면 출판사는 계절을 타지 않는 직종으로 여겨지는 것 같다.

하지만 천만의 말씀.

출판사도 의외로 계절을 탄다.

시즌마다 이벤트에 맞추어 다양한 전략을 세워야 한다.

만화나 라이트노벨 부서에서는 인기 캐릭터가 계절감 있는 코스튬으로 갈아입은 신규 일러스트를 받아 판매 촉진에 활용한다.

얼마 전에 있었던 건 10월 말의 핼러윈.

그리고 12월에는— 말할 것도 없이 크리스마스라는 빅이벤트가 있다.

편집부에는 일러스트레이터에게 의뢰한 크리스마스용 일러스트가 들어오고 있을 것이다.

내가 영업을 맡은 실용서 쪽에서도 크리스마스 시즌에 맞춘 영업 전략을 세우고 있다.

크리스마스 시기에 팔 수 있는 서적이라면— 당연히 연애 관련 서적이다.

"그나저나 말이야."

회사의 휴게실에서.

쿠츠와가 진지하게 말했다.

"크리스마스 전에 급하게 책을 사서 공부한다고 여자 친구가 생긴다면 고생할 사람은 아무도 없겠네."

"……너 그거, 출판사 영업 사원이 절대로 해서는 안 될 말이야."

나는 딴죽을 걸었다.

하여튼 인기 있는 남자는 이렇다니까……. 지푸라기라도 잡는 심정으로 연애하는 법을 담은 책을 사는 남자를 아무렇지도 않게 무시하고 말이야……!

"……너는? 크리스마스에 약속 있어?"

"아~ 뭐, 일단 약속은 있지."

조금 주저하며 말하는 쿠츠와.

"전에 잠깐 사귀었던 간호사 있잖아?"

"아~. 금방 헤어졌다고 했나?"

"결국 걔랑 다시 사귀기로 했어."

"…………."

질질 끄네!

그 사람과는 '헤어지기는 했지만, 정기적으로 만나서 섹스는 한다'는 사이라고 하지 않았나?

거의 섹파 상태였을 터.

그런 상대와 크리스마스가 가까워지자 다시 사귀다니…….

애매하고, 지저분하고, 뭐라고 하면 좋을지—.

"…………."

아니, 내게 남 말 할 자격은 없나?

내 연애는 현재 진행형으로 믿을 수 없을 만큼 지저분하고, 도저히 남에게 말할 수 없는 관계에 빠졌으니까.

애매하고 지저분한 건 나도 마찬가지다.

쿠츠와의 연애 사정도 단편적으로밖에 못 들었으니 경박하고 갈팡질팡하는 연애로 생각될 뿐— 당사자인 쿠츠와는 진지할지도 모른다.

내가 모르는 곳에서 장대한 드라마가 있고, 고민한 끝에 과거에 헤어진 연인과 관계 회복을 결단했을지도 모른다.

상대에게 진심이기 때문에 사람은 때로 지저분하고, 때로 애매해지는 거니까.

"……뭐야, 사네자와. 할 말이 있으면 똑바로 해. 질질 끌며 사귀다니 추하다고."

"누가 뭐래?"

말할 뻔했지만.

"너도 많은 일이 있었겠지. 남녀 관계는 사실 당사자밖에 모르는 거니까."

"……갑자기 뭐야? 깨달음이라도 얻은 것처럼."

쿠츠와는 경악했다.

확실히 몇 달 전의 나였다면 하지 않았을 말일 것이다.

나도 많은 일이 있었으니까.

상당히.

회의 사이에 사내를 이동하는데―.

우연히 카노마타와 단둘이 엘리베이터에 탔다.

카노마타 미쿠.

영업1과 소속의 동기 중 한 명이다.

"아~ 쿠츠와는 결국 다시 사귀기로 했구나."

"그렇다나 봐."

"뭐, 잘됐네. 경박한 소리만 하며 못되게 굴지만, 어쨌든 그 사람을 사랑하는 것 같았거든."

"의외로 순수한 녀석이네."

평범하게 이야기했다.

카노마타와는 여름쯤 많은 일이 있었지만, 몇 달이 지나 지금은 자연스레 대화할 수 있게 되었다.

"그런데 사네자와는 어때? 곧 크리스마스인데."

엘리베이터에서 내린 타이밍에 카노마타가 말했다.

"어떠냐니?"

"시치미 떼지 마. 뭐라고 하고 나를 찼는지 잊었어?"

"…………."

"'나, 좋아하는 사람이 있어.'"

"…………."

"'지금은 그 사람밖에 생각할 수 없어.'"

"……하지 마. 진짜 하지 마."

내 흉내를 내며 말하자 너무 부끄러웠다.

나도 참, 열변을 토했구나.

청춘이다.

"이렇게 폼을 잡으며 나를 찾는데…… 그쪽 연애는 어떻게 되어 가? 무슨 진전은 있었어?"

"……노 코멘트야."

"진전이 없었나 보네."

한숨을 쉬는 카노마타.

진전……되었는지 어떤지는 판단하기 어렵다.

이전보다 거리는 가까워진 것 같다.

하지만— 정작 중요한 게 텅 비었다.

중요한 부분에서 눈을 돌린 채 표면적인 거리만 좁혀진 듯한…… 그런 불안정한 상태란 걸 나도 잘 안다.

"딱히 부추길 생각은 없지만…… 조금 더 적극적으로 행동해도 좋지 않을까? 크리스마스도 다가오는데."

"그게 부추기는 거 아냐……?"

"그쪽이 뜨뜻미지근하면 내가 뭐가 돼. 떠나간 동료를 위해서도 끝까지 최선을 다해 싸워주면 좋겠어."

"소년만화도 아니고."

나는 딴죽을 걸었다.

"뭐…… 상대가 상대이니 어쩔 수 없을지도 모르겠지만."

"뭐?"

"아~ 아니, 아무것도 아니야."

카노마타는 살짝 고개를 저은 뒤,

"아무튼 힘내. 어쨌든 응원할 테니까."

적당히 그렇게 덧붙이고 걸어갔다.

"…………."

아무래도 카노마타는 내가 누구에게 반했는지 이미 감지한 모양이다.

알면서 굳이 언급은 하지 않은 것이다.

쿠츠와도 제법 간파한 것 같던데, 나란 인간은 참으로 알기 쉬운 남자인가 보다.

하지만 둘 다— 생각도 못 할 것이다.

나와 모노우 씨가 대단히 성가시고 문란한 관계라는 사실까지는.

그날 일이 끝났을 때—.

회의실에서 모노우 씨와 단둘이 남은 순간이 있었다.

"—그래서 크리스마스 페어는 작년 데이터와 같이 정리해 둬. 작년과 마찬가지로 연애 계열 도서를 중심으로 할 예정이니까."

"알겠습니다."

회의 하나가 끝난 뒤, 둘이 남아 데이터를 정리했다.

"아…… 참. 그리고 페어에 추가하고 싶은 책 한 권이 있어. 작년 이 시기에 움직임이 꽤 있었던 책이거든."

"무슨 책인데요?"

되묻는 내게 모노우 씨는 약간 말하기 어려운 듯,

"……『러브호텔 대전』이라는 책이야."

라고 말을 이었다. 뭐라 말할 수 없는 기분이었다.

"도내의 다양한 러브호텔에 대해 정리한 책인데…… 크리스마스 시기에 잘 팔리거든……."

"아, 아…… 뭐, 크리스마스이브엔 러브호텔이 인산인해라잖아요……. '성(性)의 여섯 시간'이라면서."

"그러니까 페어에 추가해 둬."

"알겠습니다."

지극히 진지한 업무 이야기.

그런데…… 약간 이상한 분위기가 되었다.

성의 여섯 시간─ 크리스마스이브의 밤 9시부터 다음 날 새벽 3시까지의 여섯 시간을 일컫는다. 지구상에서 엄청난 숫자의 커플이 성행위를 하는 데서 그렇게 불리게 되었다나?

나이=여친 없는 기간인 나는 당연히 그 여섯 시간을 이성과 보낸 경험이 과거에 한 번도 없다.

하지만 올해는─.

"모노우 씨는 크리스마스이브에 일정이 있으세요?"

태블릿을 보고 작업하며 나는 말했다.

빨라지는 고동을 필사적으로 억누르며 되도록 자연스럽게.

"······아무 일도 없어. 그냥 일해."

이쪽을 보지 않은 채 모노우 씨는 담담히 말했다.

"그렇군요. 올해 이브는 금요일이니까요."

"그래."

"저도 그냥 일해요······."

"일이 끝나면― 혼자 집에 가는 거지 뭐."

모노우 씨의 그 한마디에 무슨 의도가 담겼는지는 모른다. 아무런 의미도 없는 말인지, 아니면― 무슨 패스였을까?

하지만 나는 그 한마디에 힘을 얻어,

"그럼."

하고 말을 이었다.

"저랑 둘이······ 보내실래요?"

모노우 씨는 작업하던 손을 멈추고 눈을 동그랗게 떴다.

"둘이······?"

"앗, 아뇨, 그렇게 깊은 뜻은 아니고······. 둘 다 아무 일정도 없다면 같이 보내도 좋을 것 같아서요······."

"··········."

"저기, 내키지 않으시면 거절하셔도 괜찮아요―."

"―좋아."

모노우 씨는 이쪽을 보지 않고 태연히 말했다.

나는 어안이 벙벙했다.

"괘, 괜찮나요?"

"당신이 꺼낸 말이잖아?"

"그건, 그렇지만."

"아무 일정도 없으니까. 거절할 이유도 없고."

"……가, 감사합니다."

"나 참…… 사네자와, 그렇게 '성의 여섯 시간'을 즐기고 싶어?"

"네……? 아뇨, 아, 아니에요! 절대 그런 목적이 아니라고요! 어디까지나 크리스마스라는 이벤트를 즐기고 싶을 뿐이에요."

"그럼 그런 건 없어도 돼?"

"네……? 그, 그건."

"농담이야."

당황한 나를 보며 모노우 씨는 키득키득 웃었다.

"누군가와 크리스마스를 보내는 게 몇 년 만이지?"

어딘가 들뜬 목소리로 말하는 모노우 씨를 보며 나도 가슴이 뛰었다.

이렇게 행복해도 되는 걸까?

그렇게.

뭐.

이때의 나는 어딘가 들떠 있었던 것 같다.

카노마타가 부추겼기 때문인지, 사랑하는 마음을 감추는 것도 잊고 있는 힘껏 다가갔다. 모노우 씨가 막지 않았기에 점점 더 노골적이었던 것 같다.

완전히 들떴고 상기되어 있었다.

우리의 뒤틀린 관계에서 완전히 눈을 돌리고 있었다.

결과적으로 말하자면— 우리의 크리스마스이브는 실패로 끝났다.

아니, 어쩌면 실패 이전의 문제일지도 모르겠다.

크리스마스이브 당일에— 우리는 만나지도 못했으니까.

파멸로 향하는 카운트다운은 이때 이미 시작되고 있었다.

제3장 모노우 과장님과 크리스마스이브

크리스마스이브, 일주일 전—.

다가오는 날에 대비해 나는 저녁을 예약하고, 선물을 마련하는 등 열심히 준비했지만— 그런 와중에 모노우 씨에게 페어링 제안을 받았다.

오늘 밤, 우리 집에 와 달라고.

뭐랄까……? 좀 예상치 못한 타이밍이었다.

다음 페어링은 이브날— 요컨대 '성의 여섯 시간'이 될 거라고 멋대로 생각했는데……. 하지만 그래.

애초에 우리의 페어링은 임신을 위해 하는 행위다.

임신할 확률이 높은 날에 섹스하지 않으면 본말전도고, 그 타이밍은 계절 이벤트 따위를 기다려 주지 않는다.

다만, 그날 호출은 평소와 조금 달랐다.

하나는— 숙박이 전제.

이것은 지난번의 경험을 거쳐 결정된 일이다. 따라서 나는 일단 집으로 돌아가 숙박 준비를 한 뒤 그녀의 집으로 향했다.

그리고 또 하나는— 저녁을 같이 먹자는 것.

"사네자와…… 내가 부르면 매번 저녁을 먹고 오잖아?"

집에 도착하자 모노우 씨가 말했다.

"배려해 주는 건 알겠는데…… 솔직히 번거로워. 회사에서 헤어져서 각자 밥을 먹은 다음에 다시 합류하는 게…….

아무리 생각해도 같이 먹는 게 여러모로 매끄러우니까."

그 점은— 완전히 동의한다.

나도 약간 번거로웠다.

어쩐지 조심스러워서 본의 아니게 선을 그었지만, 모노우 씨가 그렇게 말해 준다면 거절할 이유는 없다.

"그러니까 오늘은 우리 집에서 먹자. 내가 차려 줄게."

그렇게 말하고 실내복 위에 앞치마를 두르는 모노우 씨.

앞치마 차림은 처음 본 것 같다.

"모, 모노우 씨가 만들어 준다고요?"

"그래."

"설마 그럴 리가."

"그렇게 놀랄 일이야?"

"아뇨, 하지만…… 전혀 그런 이미지가 아니라서요. 냉장고도 텅 비었고요."

"……윽. 나, 나도 마음만 먹으면 요리 정도는 할 줄 알아. 혼자 사니까 귀찮아서 하지 않을 뿐이지."

자존심이 상했는지 뾰로통하게 뺨을 부풀렸다.

"사네자와는 앉아서 기다려. 지금 만들어 줄 테니까."

그 말에 나는 소파에서 대기하기로 했다.

모노우 씨가 직접 만든 요리……. 어쩐지 설렜다.

기대로 가슴이 부풀었지만— 그것은 이내 쪼그라들었다.

"어, 어라? 콘센트가 어디 있더라……?"

모노우 씨의 집은 주방과 거실이 이어진 구조다.

따라서 소파에서 기다리고 있으면 요리하는 모습이 고스란히 전해졌다.

당황하고 초조해하는 목소리와 조리 기구와 조미료 병이 달그락달그락 부딪치는 소리. 돌아보지 않을 수가 없을 정도였다.

"……이 가스레인지는 어디서 켜는 거더라……? 이쪽은 생선용 그릴이고……. 응? 이 프라이팬은 뭐지……? 탈착식 손잡이야……? 어라, 작년에 산 설탕이 딱딱하게 굳었네……."

"저기, 괜찮으세요?"

"괘, 괜찮아! 안심하고 기다려! ……응? 앗, 잠깐, 동영상이 너무 빨리 지나가잖아……. 아앗, 손이, 손이."

보아하니 모노우 씨는 태블릿으로 동영상을 확인하며 조리하려 하고 있었다. 하지만 동영상과 페이스가 맞지 않았고, 손이 젖어 태블릿을 조작하기도 힘든 위기 상황인 모양이었다.

"저, 저기…… 그러니까."

"―도와드릴게요."

참다못한 나는 주방으로 갔다.

그리고 태블릿을 집었다.

"앗…… 괘, 괜찮아. 나 혼자 잘."

"둘이 하는 게 효율이 좋아요."

"……으으."

작게 신음하는 모노우 씨.

"아, 아니야······. 사실은 잘할 수 있어. 다만······ 몇 년 동안 거의 요리를 안 해서······. 이 집으로 이사 온 뒤로는 주방을 거의 안 써서 익숙하지 않을 뿐이야······."

"알아요."

모노우 씨는 이래저래 변명했지만, 이윽고 작게 한숨을 쉬었다.

"······실망하지 않았어? 일 잘하는 커리어우먼은 역시 요리는 젬병이구나 생각한 거 아니야?"

"아니에요."

그나저나 일 잘하는 커리어우먼이라니.

그런 자각은 있구나.

뭐, 실제로 그렇지만.

"······이게 아닌데."

풀이 죽은 모노우 씨였다.

그 뒤로는 둘이 요리를 했다.

더 이상 허세 부리지 않고 차분해진 덕분인지, 내가 돕기 시작한 뒤로는 매끄럽게 조리할 수 있었다. 나는 태블릿을 읽어 준 정도였고, 거의 모노우 씨 혼자 완성했다.

완성된 요리는— 돼지고기 생강구이.

평범한 요리지만, 나로서는 기쁠 따름이었다.

좋아하는 여성이 직접 만든 요리니까.

"어, 어때?"

"엄청 맛있어요."

"정말? 다행이다……. 하아…… 가능하면 혼자 다 하고 싶었는데."

"뭐 어때요. 둘이 요리하는 것도 즐거웠어요."

"그래. 의외로 즐거웠던 것 같아."

담소를 나누며 저녁 식사를 마쳤다.

뒷정리와 설거지를 마친 다음, 텔레비전을 켜고 한동안 시간을 보낸 뒤—.

"슬슬 나…… 샤워하고 올게."

그렇게 말한 모노우 씨가 자리에서 일어났다.

아아, 그렇구나.

오늘은 평소보다 내가 일찍 왔으니 모노우 씨는 아직 샤워를 안 했구나.

저녁을 먹고 단란한 분위기였지만…… 잊지는 않았다.

나는 어디까지나 페어링을 위해 왔으니까.

해야 할 일은 해야 한다. 따라서 상대는 지금 준비를 위해 샤워하려 한다……. 아니, 잠깐만.

잠깐 기다려.

혹시 지금이라면— 가능할까?

줄곧 꿈꾸던 남자의 로망……. 하지만 지금껏 타이밍이 맞지 않아 부탁하지 못한 일— 혹시 지금이 기회인가?

"10분 정도면 나올 테니까 조금만 기다려."

"저, 저기."

욕실로 향하는 모노우 씨를 황급히 불러 세웠다.

"왜 그래?"

"아뇨. 그게, 그러니까……."

나는 마음을 다잡고 결심한 뒤 말했다.

"가, 같이 들어가도 될까요?"

"…………뭐?"

결론부터 말하자면— 오케이였다.

꽤 싫어했지만.

굉장히 떨떠름해했지만.

최종적으로는 어떻게든 합의해 주었다.

최근에 깨달았는데…… 모노우 씨는 의외로 압박에 약하다.

부탁하면 뭐든 비교적 잘 들어준다.

페어링 중에 조금 부끄러운 부탁을 해도 "나 참…… 사네자와는……!" 하고 한바탕 설교를 한 뒤, 어쨌든 해 주는 일이 많다.

다정한 사람이라 받아 주는 건가?

아니면— 그녀에게도 조금은 야한 상황을 즐겨 보고 싶은 마음이 존재하는 건가?

"드, 들어간다……."

욕실에 온수를 받고 내가 먼저 욕조에 들어가 기다리자 탈의실 쪽에서 긴장해 떨리는 목소리가 들려왔다. "들어오세요"라고 대답하자 달칵, 하고 문이 열렸다.

"…………."

나도 모르게 숨을 삼켰다.

그곳에 서 있던 것은— 하얀 수건 한 장으로 앞을 가린 모노우 씨.

욕실의 밝은 조명을 받아 아름다운 몸이 훤히 보였다.

조금 통통한 허벅지. 관능적인 곡선을 그리는 허리. 풍만한 흉부는 좁고 긴 수건으로는 전혀 가릴 수 없었다.

그리고 얼굴은— 새빨갛게 물들었다.

수치심을 견디며 수건 한 장으로 마음의 저항을 보여주는 모노우 씨는…… 참을 수 없이 매력적이었다.

"……잠깐. 너무 빤히 보는 거 아니야?"

모노우 씨가 분노와 긴장이 밴 목소리로 말했다.

"앗. 죄송합니다. 저도 모르게 그만……."

"그게 뭐야. 정말이지…… 사네자와는 항상."

"수건…… 쓰시네요."

"당연하잖아……! 이렇게 밝은 곳에서……."

꺼질 듯한 목소리로 말하는 모노우 씨.

이미 여러 번 몸의 관계를 가지며 서로의 알몸을 본 사이지만— 그것은 전부 어두컴컴한 침실이나 호텔이었다.

이렇게 밝은 조명 아래에서 알몸을 보이는 건 처음일지도 모르겠다.

"확실히 저도 좀 부끄럽네요. 알몸을 보이는 건."

"사네자와는 괜찮아⋯⋯. 몸이 날씬하고 탄탄하니까."

"그렇다고 보여주는 게 부끄럽지 않은 건 아니에요⋯⋯. 앗, 하지만 탄탄하다는 말이 나와서 말인데요."

나는 문득 말했다.

"모노우 씨, 요즘 좀 야위셨네요."

"알겠어?!"

덥석 물었다.

어마어마한 기세로 물고 늘어졌다.

"그래⋯⋯ 맞아. 야위었어. 살이 빠졌다고. 내가 봐도 알 수 있을 정도로 배 주위가 홀쭉해졌어⋯⋯. 뭐, 뭐어, 딱히 살 빼려고 노력한 건 아니지만."

희희낙락 말했다.

솔직히⋯⋯ 그렇게까지 야윈 건 아니다. 보면 알 정도는 아니다. 나는 뭐⋯⋯ 접촉할 기회가 많으니까 알았을 뿐이고.

"모노우 씨는 원래 그렇게 뚱뚱하지는 않았는데요. 전혀 신경 쓸 필요 없어요."

"⋯아니, 아니야, 사네자와. 여자가 마르고 싶은 건 남자를 위해서가 아니라 자기 자신을 위해서야. 물론 남자를 위한 마음이 아예 없지는 않지만, 첫 번째는 뚱뚱한 자기 자신을 용납할 수 없으니까― 앗."

복잡한 여자의 마음을 말하던 모노우 씨는— 그때.

이야기에 너무 열을 올렸는지, 그만 수건을 놓고 말았다.

팔랑.

하얀 수건이 떨어졌다.

실오라기 하나 걸치지 않은 모노우 씨의 몸이 눈에 날아들었다.

"~~~~윽."

"앗…… 죄, 죄송합니다."

나는 황급히 눈을 돌렸다.

"~~윽. ……윽! ~~윽! …………하아, 이제 됐어."

엄청난 수치심과 번뇌를 엿보이면서도 모든 것을 포기한 듯한 목소리로 모노우 씨는 말했다.

"이제 됐어. 나도 몰라. 이제 아무래도 좋아. 그래서? 뭐? 내가 거기에 들어가면 되는 거야? 그러면 만족해?"

"자, 자포자기하지 마세요……."

더 이상 화내는 데도 지쳤는지 모노우 씨는 욕조의 빈 공간에 들어오려 했다.

"……역시 둘이 있기엔 좁네."

"그럼, 이렇게, 같은 방향을 보면…… 될까요?"

"그럴 수밖에 없겠네……. 내가 사네자와 앞으로 들어갈게."

"그리고 제가 앞으로 손을 감아서."

"그래, 그래— 앗, 잠깐! 배는 만지지 마!"

"네? 그럼 배 위쪽에."

"위는 더 안 돼!"

"그럼 밑으로?"

"밑은 제일 안 돼!"

언쟁하며 겨우 둘 다 편한 자세를 찾아갔다. 최종적으로는 내가 뒤에서 끌어안는 형태로, 배는 만지지 않도록 주의했다.

으아…… 이거 큰일이네.

너무 밀착한 거 아니야?

알몸의 모노우 씨를 뒤에서 힘껏 끌어안은 상태. 체온과 감촉이 모두 직접적으로 전해졌다. 순식간에 정신을 잃을 것만 같았다.

"후우……. 드디어 됐네."

"그러게요."

"……뭐, 불편한 부분이 한 곳 있는 것 같긴 하지만."

"그, 그건 어쩔 수 없어요."

절대로 불가능하다. 진정할 수 있을 리 없다. 엉덩이를 힘껏 찌르는 모양새가 되었지만, 이건 단념할 수밖에 없다.

"……정말 신기한 기분이야. 둘이 알몸으로 같이 목욕을 하다니."

아직 긴장이 남은 목소리로 말했다.

"어쩐지…… 섹스하는 것보다 부끄러운 것 같아."

"그, 그런가요?"

"응…… 아니, 모르겠어. 다른 종류의 부끄러움일까?"

말로 잘 표현할 수 없는 모양이지만, 무슨 소리를 하려는 건지는 어렴풋이 알 수 있었다.

다시 생각해 보니― 함께 목욕하는 건, 몇 번인가 섹스를 경험한 연인쯤은 되어야 도달할 수 있는 영역이었을지도 모르겠다.

"감사합니다. 부탁을, 들어주셔서."

"……사네자와, 이게 즐거워?"

"즐겁다고 할까, 기쁘다고 할까. 뭐…… 남자의 로망 같은 거잖아요? 여자랑 같이 목욕하는 건."

"……정말이야?"

수상쩍은 듯 말하는 모노우 씨.

"하지만 난 처음이야. 남자랑 같이 목욕하는 거."

"그러세요?"

"응. 이런 부탁을 한 사람은 사네자와 말고 없었는걸."

"그렇다면…… 하하. 좀 기쁘네요."

"기뻐?"

"아뇨, 그게…… 어째 좀."

당황해 얼버무렸다. 말할 수 없다.

모노우 씨의 처음을 빼앗아서 기쁘다고는.

그 뒤 한동안 느긋하게 목욕을 즐겼고―.

"슬슬 나갈까? 현기증이 나기 전에."

모노우 씨가 조용히 일어서 내 품에서 떨어졌다.

부드러운 살갗의 감촉이 사라져 섭섭한 기분을 느끼는데,

"자, 사네자와도 일어나."

라고 말하며 모노우 씨는 그 자리에 무릎을 꿇었다.

그리고— 샤워 의자에 앉으라고 재촉했다.

"이왕 같이 목욕하는데 등 정도는 밀어 줄게."

"네……? 그, 그래도 될까요?"

"남자의 로망은 존중해 줘야지."

진저리 치면서도 조금 짓궂은 말투로 모노우 씨는 말했다.

단숨에 감정이 고조되었다.

나는 욕조에서 나와 의자에 앉았다.

"감사합니다. 평생의 추억으로 삼을게요."

"오버하기는……."

"나중에 저도 등을 밀어 드릴게요."

"그럼 부탁할까……? 아, 참, 일단 말해 두겠는데— 야한 짓은 아무것도 안 할 거야."

보디워시를 펌핑하며 모노우 씨는 못을 박았다.

"욕실에서 하다니…… 그렇게 상스러운 짓은 너무 싫거든. 몸을 닦으면 바로 나갈 거야."

"아, 알겠습니다……."

"정말 아는 거야? 꼭 지켜야 해. 발정 난 동물도 아닌데 아무 데서나 붙어먹다니…… 말도 안 되지."

힘주어 말했다.

"나는 절대로 욕실에서는 안 해."

결론부터 말하자면─ 그로부터 십 분 뒤, 욕실에서 했다. 바로 붙어먹었고, 끝까지 제대로 하고 말았다.

……응, 뭐, 참는 건 불가능하지.

서로 몸을 씻어 주니…… 자연스레 그런 분위기가 형성되었고, 더는 참을 수 없었다. 실컷 했다.

인터넷에서 체험담을 보면 욕실에서 어쩌다 하는 경우, 콘돔이 없어서 곤란할 때가 많다는 모양이지만…… 다행인지 불행인지 우리는 피임 도구가 필요 없는 관계다. 아무런 거리낌 없이 매끄럽게 시작할 수 있었다.

"……이제 다시는 사네자와랑 같이 목욕 안 할 거야."

욕실에서 나와 옷을 갈아입은 뒤, 모노우 씨는 뺨을 부풀렸다.

상당히 화가 났다. 아니 그보다 토라진 것 같았다.

"절대로 안 하겠다고 했는데……."

"죄, 죄송합니다."

"……미안하다고 생각하지 않지?"

"생각해요. 하지만 뭐…… 결코 저만의 책임은 아닌 것 같달까요. 어쨌든 모노우 씨도 적극적이었으니까요."

"뭐! 아, 아니야! 사네자와가 이상하게 씻겨 주니까……."

"아뇨, 먼저 만진 건 모노우 씨잖아요."

"그, 그건 정말로 손이 미끄러졌을 뿐이야……."

"2회전은 완전히 모노우 씨의 주도로 시작된걸요."

"……아~아~ 나도 몰라. 아무것도 몰라. 사네자와, 오늘은 복도에서 자. 침실 출입 금지야."

"자, 잠깐만요."

가벼운 언쟁을 하며 거실로 돌아왔다.

그 뒤, 가볍게 무알코올 하이볼을 마시며 인터넷 동영상 등을 보고 느긋하게 시간을 보냈다.

밤 12시가 다 되어 침실로 이동했다.

"저기…… 괜찮을까요? 제가 같이 자도."

"뭐야. 이제 와서. 벌써 몇 번을 같이 잤는데."

그건 그렇지만.

페어링을 마치고 지쳐서 잠든 적은 몇 번인가 있었지만— 아무것도 안 하는데 같이 자는 건 처음 하는 경험이었다.

이상하게 긴장이 되었다.

아무래도 오늘은 페어링은 하지 않아도 괜찮을 것이다. 욕실에서 했으니까. 더 하라고 해도…… 뭐, 노력하면 할 수는 있을 테지만, 그렇게 노력할 일도 아니라고나 할까.

묘한 긴장감 속에서 우리는 침대에 올라갔다.

모노우 씨가 먼저 올라갔고, 나는 반대쪽 끝에서 자기로 했다.

최대한 끝으로 갔기에 중간에 이상한 공간이 생겼다.

12월 밤은 실내도 조금 추웠다. 침실에는 일단 오일 히터가 있었지만, 그 공간만 이불이 붕 떠서 묘하게 쌀쌀했다.

"……왜 그렇게 떨어져 있어?"

옆에 누운 모노우 씨가 의아한 듯 물었다.

"아뇨, 왠지…… 붙는 것도 이상한 것 같아서요."

"…………."

"어차피 오늘은 하지 않을 거잖아요?"

나는 말했다. 마음의 혼란을 그대로 뱉었다.

"……페어링을 하는 것도 아닌데 모노우 씨를 만져도 될지 몰라서요."

내 마음속에 그어진 선이었다.

섹스를 위해서라면 만져도 될 것이다.

서로 닿지 않으면 임신할 수 없으니까.

하지만 섹스하지 않을 때는?

아무것도 없을 때 가볍게 만지는 건— 아닌 것 같았다.

왜냐하면 그건.

연인끼리나 허용되는 일이잖아.

그런 선은 최소한으로 해 둬야 한다—.

"……묘한 데서 정직하네."

감탄한 것도 같고, 진저리 치는 것도 같이 모노우 씨는 말했다.

"그보다 아까 욕실에서 실컷 만졌잖아……."

"아뇨, 그건 어디까지나 페어링 전 단계였어요. 그런 행위를 하기 위해 욕실에 들어갔으니 그 입욕 행위는 실질적으로 행위에 포함되어 있는 거죠……."

당황해 변명하자— 모노우 씨가 몸을 옆으로 돌려 내 쪽을 향했다.

손으로 이불을 살짝 밀어 올리고,

"자, 이쪽으로 와."

라며 유혹했다.

"……그래도 될까요?"

"공간이 비면 추워."

부드러우면서도 고혹적인 말에 이끌려 나는 몸을 움직여 접근했다.

둘 사이의 거리가— 밀착되었다.

자연스레 서로에게 손을 뻗어 가볍게 끌어안는 자세가 되었다.

"사네자와 …… 따뜻하네."

"모노우 씨도 따뜻해요."

"그러게."

피부로 숨결이 느껴질 듯한 거리에서 모노우 씨는 말했다.

"둘이 있으니 따뜻해."

따뜻하다.

섹스할 때의 극심한 열기와는 전혀 달랐다. 서로의 체온을 서서히 느끼는 듯한, 편안한 온기가 있었다.

"크리스마스엔 어떻게 할까? 사네자와, 무슨 계획 있어?"

"네, 일단은요……."

"떠맡겨서 미안하네."

"아니에요. 제가 좋아서 하는 건데요."

"그럼 믿고 맡기도록 할까?"

"……기대되네요. 크리스마스."

"응, 기대돼."

그 뒤 우리는 시답지 않은 이야기를 하고, 잠옷 속에 손을 넣어 가볍게 장난을 치며…… 행복 속에서 잠들었다.

아침이 되어도 행복은 끝나지 않았다.

"……음."

눈을 뜨자 모노우 씨는 아직 자고 있었다.

몸을 일으킨 내 옆에서 새근새근 숨소리가 들렸다.

기다란 속눈썹, 숨결이 새어 나오는 입술…… 무방비한 모습은 참을 수 없이 요염하면서도 귀여웠다.

그러고 보니 모노우 씨가 잠든 얼굴을 보는 건 처음인 것 같다.

지금까지 이 집에서 자고 갈 때는 늘 모노우 씨가 먼저 일어나서 내가 일어나기 전에 옷을 입고 화장도 완벽하게 마쳤으니까.

행복한 기분으로 잠든 얼굴을 바라보는데— 이윽고 그녀도 눈을 떴다.

"음…… 후우…… 흐엑?! 앗?! 사, 사네자와?!"

"좋은 아침이에요."

"나, 난 몰라……. 벌써 일어났어?"

"방금 일어났어요."

"……왜 이쪽을 보는 거야?"

"아뇨, 그게…… 잠든 모노우 씨의 얼굴이 신선해서 저도 모르게 그만."

"~~윽! 못 말려……. 그만 봐. 부끄러워……."

쑥스러워서 얼굴을 감추며 침대에서 내려간 모노우 씨는 침실에서 나갔다.

행복한 기분으로 나도 뒤를 따랐다.

가볍게 몸단장을 마치고 둘이 아침 식사 준비를 했다.

어젯밤에 냉장해 둔 밥과 방금 구운 달걀프라이.

단출한 메뉴였다.

"사네자와, 달걀프라이에 간장을 뿌려 먹는 스타일이야?"

"굳이 따지자면요. 솔직히 뭐든 상관없는 스타일이에요."

"나도 굳이 말하자면 간장이야. 노른자는? 반숙이야? 완숙이야?"

"아…… 노른자는 뭐든 상관없어요. 축구할 때는 노른자를 빼고 흰자만 먹어서 지금도 흰자를 더 좋아해요."

"와~ 엄격하네……."

정말로 시답지 않은 대화를 하며 아침 식사를 천천히 즐겼다.

다 먹은 뒤에는 둘이 함께 정리.

입 밖에는 내지 않았지만…… 어쩐지 동거를 시작한 커플 같았다. 그 정도로 행복이 가득했다.

그렇다.

행복이다.

과하리만큼 행복했다.

"커피 끓일게."

내가 접시의 물기를 닦는데 모노우 씨가 컵 두 개를 나란히 놓았다.

여기서 말하는 커피란 당연히 그녀가 자주 마시는 차콜 커피다.

까만 분말을 넣은 컵에 끓인 물을 부었다.

독특하고 향긋한 냄새가 감돌았다.

"이게 나오면 모노우 씨 집에 온 실감이 나요."

"후훗. 전에도 비슷한 말을 하지 않았어?"

재미있다는 듯 웃는 모노우 씨. 그러고 보니 말했을지도 모르겠다. 이 집에서 하룻밤을 보낼 때마다 매번 아침에는 이 커피를 마셨으니까.

함께 밤을 보내고, 함께 아침을 맞이한 증표 같은 것이다.

행복하다.

과하리만큼 행복하다.

그렇다.

그러니까 결국은— 행복이 과했던 것이다.

지금 이 순간이, 너무나도.

꿈인 듯, 환상인 듯, 행복했다.

그래서 나는 나도 모르는 사이에 절박해져서, 당장이라

도 터질 듯이 긴장해서—.

계기는 무엇이든 상관없었다.

"다 됐어……. 어라?"

커피를 다 끓인 모노우 씨가 문득 나를 보았다.

"사네자와…… 얼굴에 밥풀이 묻었어."

"네? 어디요?"

당황한 내게,

"여기."

하고 모노우 씨는 손을 뻗어 뺨을 만졌다.

"후훗. 정말 못 말린다니까."

그 자연스러운 동작이, 태연자약한 다정함이, 보란 듯이 연상의 느낌을 자아내며 우위를 어필하는 사랑스러움이.

내 가슴을 꿰뚫었다.

마음속으로 줄곧 참았던 무언가를 부수는, 마지막 한 방이 되었다.

"……응?"

뺨에 뻗어 온 손을 반사적으로 낚아챘다.

그리고—.

"좋아해요, 모노우 씨."

나는 말했다.

말하고 말았다.

계기 따위는 무엇이든 상관없었다.

그 정도로 나는 절박했다.

그녀를 향한 마음을 억누를 수 없었다.

"좋아해요……. 좋아하게, 됐어요……."

돌아보면—.

최근에는 조금 우쭐했는지도 모르겠다. 모노우 씨가 거부하지 않으니 점점 격해졌다.

점점— 연인인 양 요구했다.

즐거웠다.

기뻤다.

행복해서, 너무나도 행복해서— 그래서 마음속으로는 줄곧 괴로웠다.

지울 수 없는 허무함이 늘 마음 한편에 있었다.

본질에서 눈을 돌리고 겉으로만 커플 놀이를 하는 허무함을 참고 또 참아 왔지만— 그것이 지금, 마침내 무너졌다.

이 행복이 가짜에 불과하다는 것이 참을 수 없었다.

—만약, 만에 하나, 억에 하나, 어느 한쪽이 진심을 품는다면.

—이런 관계는 괴로울 뿐이겠지?

아아— 정말이지.

슬프리만큼, 잔혹하리만큼, 모노우 씨의 말대로 되었다.

괴로웠다. 정말로 괴로웠다.

진심으로 좋아하는 상대와 마음은 통하지 않은 채 몸만

포개는 관계가 이렇게 괴로울 줄은 몰랐다.

"……죄송해요. 좋아하면 안 된다고 했는데…… 그렇게 나 못을 박았는데……. 그런데 약속을 어겨서요. 하지만…… 이제 도저히 못 참겠어요."

봇물 터지듯 감정이 쏟아졌다.

쏟아지는 마음을 더는 막을 수 없었다.

"저기, 하지만, 그렇다고 해서 지금 이 관계를 끝내고 싶은 게 아니라……. 어, 어떻게 안 될까요? 저, 저와…… 진지하게 교제를 검토해 주시면 안 될까요?"

이제 나도 내가 무슨 말을 하는지 알 수 없었다.

상대의 얼굴을 보지 못하고 바닥을 보며 말을 뱉었다.

"……아이를 원하는 모노우 씨의 마음은 당연히 존중하고 싶어요. 저는 아직 결혼이나 아이에 대한 각오가 되어 있지 않지만…… 그렇지만 좋아하는 마음만은 진심이니까…… 그러니까 그…… 의, 의논해 보고 싶어요! 아무튼 한 번 더 제대로 의논을 해서……."

입에서 나오는 말은 사죄하는 듯, 매달리는 듯한 한심한 애원의 말뿐이었다.

부디 버리지 말라고 필사적으로 예방선을 칠 뿐.

형언할 수 없는 한심함이 솟구쳤다.

나는 무슨 말을 하는 거지?

이럴 생각이 아니었다.

거짓 없는 진심이지만, 이런 식으로 전하고 싶었던 건

아니었다.

"……그래?"

이윽고─.

침묵하던 모노우 씨가 입을 열었다.

"사네자와는 나를 좋아하는구나."

"……네."

나는 바닥을 본 채 대답했다.

"고마워. 나 같은 사람을 좋아해 줘서."

"…………."

"솔직히 말해서…… 혹시 그렇지 않나 싶었어."

"네……?"

"사네자와가 나를 좋아한다는 걸 어렴풋이 눈치챘어. 알고도 모르는 척했어. 우리의 지금 이 관계가─ 좋았으니까."

"그, 그럼─."

부드러운 목소리로 뱉은 말에 나도 모르게 얼굴을 들었다.

작은 희망을 느끼며.

하지만─.

상대의 얼굴을 본 순간, 숨이 멎었다.

모노우 씨는─ 웃고 있었다.

조용히 웃고 있었다. 하지만 그것은 처음 보는 미소였다. 모든 것을 포기하고, 모든 것을 각오한 듯한. 미적지근한 꿈에서 빠져나와 냉혹한 현실에서 홀로 살아갈 결심을 굳힌 듯한.

타인을 모두 밀쳐내는, 거절의 미소.

"즐거웠어. 꿈처럼 즐거웠어. 그러니까—."

모노우 씨는 말했다.

"—이제, 끝내야겠다."

그리고— 우리의 관계는 끝났다.

크리스마스 일주일 전의 일이었다.

제4장 모노우 과장님과 새해

계절은 돌고 돌아— 봄이 찾아왔다.

해가 바뀌어 나는 사회인 3년 차가 되었다.

"…………"

영업부 사무실.

컴퓨터 화면을 보고 앉아 여느 때처럼 일을 했다.

그러자.

"사네자와."

하고.

직속 상사인 과장님이 내게 다가와 말을 걸었다.

작업하던 손을 멈추고 과장님 쪽을 돌아보았다.

그곳에 서 있던 사람은— 사쿠마 과장님이었다.

안경 쓴 중년 남성이며, 얼굴도 말투도 온화한 사람이다.

"왜 그러세요, 과장님?"

"부탁했던 자료는 다 됐어?"

"네, 인쇄도 끝났어요."

"잘됐다. 고마워."

자료를 건네자 사쿠마 과장님은 슥 훑어보았다.

"이동한 지 얼마 안 돼서 힘들 텐데…… 사네자와는 일 처리가 빨라서 좋아. 자료도 정리가 잘 돼서 보기 좋고. 모노우 과장님한테 호되게 배웠나 봐?"

"아하하…… 그럴지도 모르겠네요."

자료를 받은 사쿠마 과장님이 떠나갔다.

그리고 머지않아─ 이번에는 카노마타가 찾아왔다.

"사네자와, 슬슬 회의하러 가자."

"응."

고개를 끄덕이고 자리에서 일어났다. 이제부터 라이트노벨 편집부와 부결(部決) 회의─ 서적의 발행 부수를 결정하는 회의가 있다.

"그나저나 다음 달 간행 점수도 위험하네……."

"아하하. 실용서와는 전혀 다르네. 이번 달엔 애니화 작품이 정해졌고, 일정이 계속 연기된 작품도 있으니까."

"서점의 라이트노벨 코너는 점점 줄어드는데 이렇게 간행 점수가 늘어나면 우리 영업은 어떻게 대응하면 좋을까?"

"……그건 라이트노벨 영업의 가장 중요한 문제야. 나도 답은 모르겠어."

영업부를 나와 라이트노벨 편집부가 기다리는 회의실로 향했다.

사회인 3년 차.

올봄의 인사로 나는 영업3과에서 카노마타가 있는 1과로 이동했다.

실용서를 담당하는 과에서 만화와 라이트노벨을 담당하는 과로.

"…………."

복도를 걸어 3과 앞을 지날 때, 잠시 시선을 보냈다.

과장 자리에는 오늘도 모노우 씨가 앉아 있었다.

근처에는 올해 새로 들어온 남자 신입사원이 있었고, 벌써 무슨 사고를 쳤는지 모노우 씨에게 엄격한 지도를 받는 참이었다.

시선을 되돌려 걸어갔다.

나는 지금 모노우 씨와는 다른 과에서 일하고 있다.

그녀는 이제 내 직속 상사가 아니다.

그날—.

내가 약속을 어기고 고백한 날, 우리 관계는 깨졌다.

결정적으로— 깨졌다.

페어링은 물론이거니와 사적인 연락조차 없어졌다.

회사에서는 평범한 상사와 부하 직원으로 지내게 되었다.

당연히 한 마디로 설명할 수 없는 감정이 가슴속에 소용돌이쳤지만, 모노우 씨가 담담했기에— 너무나도 담담했기에 나도 맞출 수밖에 없었다.

일 이야기만 하고 쓸데없는 대화는 전혀 하지 않았다.

마치 그 수개월 동안의 일이 모두 거짓말인 양 모노우 씨와 나의 관계는 제자리로 되돌아갔다. 사내에서 '여제'라 불리며 두려움을 사는 능력 있는 과장님과, 그녀를 따르는 젊은 사원. 그 이상도 이하도 아닌 관계로 우리는 되돌아갔다.

두말할 나위 없이— 크리스마스 약속도 없던 일이 되었다.

아무 느낌도 없었던, 건 아니다.

하고 싶은 말도, 전하고 싶은 것도 많았다.

하지만 아무 말도 하지 못한 채 시간은 흘렀고—.

이윽고 봄을 맞이했다.

인사이동은 내가 희망한 게 아니고, 모노우 씨가 손을 쓴 것도 아닐 것이다.

때마침 영업1과에서 퇴직자가 많았던 게 이동의 이유였던 모양이다.

같은 층에 있으니 모습을 보기는 하지만, 만나서 대화하는 일은 전혀 없었다.

어중간하게 가까이 있기 때문인지 쓸데없이 멀게 느껴졌다.

이야기를 할 수 없는데 모습은 매일 본다. 그런 지금의 관계가 너무나도 답답했다.

이런 생각을 할 바에야 차라리—.

"이딴 회사, 진짜 그만둔다……!"

점심시간이었다.

오늘은 쿠츠와와 함께 밖에서 식사를 하기로 했다.

정식집에 들어가 한바탕 식사가 끝난 뒤, 쿠츠와는 쌓이고 쌓인 걸 폭발시키듯 크게 한탄했다.

나는 뭐라고 설명할 수 없는 기분이 들었다.

"지난주에도 그 소리 들었어."

"아니, 이번엔 진짜야. 진짜로 한계라고. 내일 사표 낸다."

"기껏 바라던 편집부에 들어갔잖아?"

"그래서 그만둔다는 거야!"

소리치는 쿠츠와.

이 녀석도 올봄에 나와 마찬가지로 부서 이동이 있었다.

오래전부터 바라던 대로 편집부로 이동하게 된 것이다.

그것도 우리 회사의 꽃— 만화와 라이트노벨을 담당하는 1편집부였다.

입사할 때부터 편집부를 희망했던 쿠츠와는 사령이 났을 때 크게 기뻐했지만— 이동한 뒤 한 달, 벌써 꿈과 현실의 차이를 맛본 모양이었다.

"정말…… 이상해. 왜 다들 당연하다는 듯 야근을 하지? 왜 당연하다는 듯 회사에서 자는 건데? 왜 편집부만 노동기준법이 적용되지 않는 치외법권이냐고."

"…………."

"작가는 왜 마감을 안 지키는 거야……? 응? 사회인이잖아? 약속은 지켜야 하잖아? 그런데 우리가 연락이 좀 늦으면 투덜투덜 불평해 대고, SNS에서 에둘러 편집자 비판을 확산시키고……. 이상하잖아? 노력한 보람이라곤 없잖아……."

이상과 현실의 간극은 끔찍했다.

"하아…… 영업으로 돌아가고 싶어. 정장 입고 정시에 퇴근해서 사생활을 만끽하던 그때가 그리워……."

그렇게 말하는 쿠츠와는 셔츠에 청바지라는 대단히 편한 차림이었다.

편집부에서는 정장 차림이 튄다는 모양이다.

영업부 시절에는 헤어 제품을 발라 잘 정돈하던 머리도 그냥 적당히 만진 상태였다.

편집부에 꽤 물든 모양이었다.

"너는 어때? 영업1과 말이야."

"뭐, 그럭저럭 하고 있어. 별다른 문제도 없고."

"흐음, 뭐야, 재미없네."

"재미없어서 미안하네."

"1과 사쿠마 과장님, 자상해 보이더라. 슬슬 모노우 과장님의 설교가 그리워지지 않냐?"

쿠츠와가 농담하듯 놀렸다.

"아니거든?"

웃으며 대답했다.

어떻게든 필사적으로 미소를 지으며.

쿠츠와에게 악의는 없겠지만, 지금 내게는 마음 아픈 한마디였다. 봉인해 둔 기억이 단편적으로 떠올라 가슴속이 답답해졌다.

지금은 설교를 듣던 과거마저 귀하다.

나는 이제 같이 일하지 않으니까.

그녀는 이미 내가 아닌 부하와 일을 하고 있다.

게다가.

어쩌면 일 외에도 나 아닌 사람과—.

우리 둘이 시작했던 페어링이라는 관계.

이미 나는 그 파트너에서 제외되었다.

몇 달이 지난 지금— 그녀는 이미 새로운 사람을 찾았을지도 모른다.

내가 아닌 페어링 상대를—.

생각하지 않으려 하지만, 생각만으로도 실례인 것 같아 되도록 자중하고 있지만, 그래도 문득 생각하는 순간— 죽고 싶으리만큼 비참한 기분이 든다.

점심시간이 끝나고 업무에 복귀했다.

실용서 영업과 만화 및 라이트노벨 영업. 다른 점은 산더미처럼 많지만— 그중 하나가 풍부한 홍보물(판매 확대 재료)이다.

만화와 라이트노벨의 서점용 홍보물 종류는 실용서와 비교도 안 된다. 홍보물의 정석인 POP나 포스터와 더불어 태피스트리나 캐릭터 패널 등도 있다.

지금까지 담당한 적 없던 오타쿠 전문점과도 적극적으로 연계해야 하니 영업사원으로서 익힐 것이 아직도 산더미였다.

"⋯⋯좋았어."

홍보물이 든 쇼핑백을 양손에 들었다. 오늘은 외근 날이다.

도내에 있는 대형 오타쿠 전문점을 몇 곳 돌아볼 예정이다.

영업부를 나서 엘리베이터 쪽으로 걸어갔다.

그때였다.

"─윽."

일순, 발이 멈추었다.

엘리베이터 앞.

그곳에─ 모노우 씨가 서 있었다. 전혀 신기할 게 없다. 같은 영업부에서 일하는 사람이다. 이 정도의 우연은 있는 게 당연할 것이다.

멈추려던 발을 필사적으로 앞으로 움직여 그녀의 옆에 나란히 섰다.

여기서 멈칫거리는 게 더 부자연스러우니까.

상대도 이내 나를 알아챘다.

"사네자와……."

"아, 안녕하세요."

모노우 씨는 잠시 눈이 휘둥그레졌지만, 금세 진지한 얼굴로 앞을 향하더니 엘리베이터 문을 바라보았다.

"외근이야?"

"네. 모노우…… 과장님은요?"

모노우 '씨'라고 부르려다 겨우 회피했다. 만에 하나 사내에서 부른대도 괜찮을 거라 생각한 호칭이었지만…… 지금은 그런 생각을 할 필요도 없을 것이다.

회사 밖에서 만날 일은 아마 더 이상 없을 테니까.

"난 밖에서 회의."

모노우 씨는 담담히 말했다.

엘리베이터가 도착했다. 달리 타는 사람은 없었고, 엘리베이터 안에도 사람은 없었다. 밀실에서 단둘. 얼마나 떨어져 있으면 좋을지 몰라 구석에 섰다.

숨 막히는 어색함 속,

"일은 어때?"

라고 모노우 씨가 입을 열었다. 담담히.

"뭐, 그럭저럭 하고 있어요."

"그래? 그럼 다행이고. 좀 걱정했거든. 사네자와랑 쿠츠와를 말이야. 입사한 지 아직 2년밖에 안 됐는데 이동하게 돼서."

"저보다 쿠츠와가 더 힘든 것 같더라고요. 편집부가 예상과 전혀 달랐나 봐요. 벌써 '그만두고 싶다'고 투덜대네요."

"편집부는 그렇지……. 다들 들어가기 전에는 꿈꾸지만……. 뭐, 쿠츠와라면 괜찮겠지. 요령 좋은 타입이니 어디서든 살아남을 거야."

"맞아요. 그 녀석이라면 괜찮을 거예요."

오랜만의 대화.

그런데 놀랄 만큼 평범하게 잡담을 나눌 수 있었다.

불편하지 않다는 데 안도하는 반면― 이 평범함이 안타깝기도 했다.

왜냐하면 마치.

전부 없었던 일인 것 같으니까.

그 몇 달의 일들이 없었던 듯.

모두 리셋되어 본래 관계로 되돌아간 것 같았다.

어디에나 있을 법한 상사와 부하 직원. 이동하며 소원해졌고, 가끔 만나면 서먹서먹하게 형식적인 잡담을 나눌 뿐―.

우리의 현재 관계성이 재정립된 것 같았다.

아아―.

이제 나도 나를 모르겠다. 표면적으로 평정심을 가장하고 있을 뿐 마음속에서는 감정이 뒤엉켜 무너질 것만 같았다.

"그럼 나는 이쪽으로 가야 해서."

회사를 나서자 모노우 씨는 성큼성큼 걸어갔다.

멀어져 가는 뒷모습을― 나는 그저 바라볼 수밖에 없었다.

그녀는 이제 나와의 관계는 잊었을까?

결론짓고 떨쳐내어 과거로 처리했다.

아니면― 인생의 오점으로 여기고 빠르게 잊으려는지도 모르겠다.

당연하다. 몸뿐인 관계라고 약속했던 남자가 약속을 어기고 호감을 품었으니까. 몸뿐만 아니라 마음까지 요구했으니까.

배신한 건 나.

그런 내가 그녀에게 뭔가를 바라는 건 잘못됐다. 지금처럼 평범하게 대화해 주는 것만으로도 감사해야 한다.

앞으로 내가 할 수 있는 건, 그녀의 인생에 최대한 얽히지 않는 것뿐이다.

퇴근길, 독신 미인 상사에게 부탁받아서

제5장 모노우 과장님과 파충류

5월.

골든 위크 첫날.

우리 집에 새로운 가족을 맞이하게 되었다.

"좋았어. 케이지 세팅은 이거면 됐겠지?"

방 안에서 카에가 말했다.

이누카이 카에— 누가 봐도 개를 키울 것 같은 이름이지만, 정작 도마뱀과 뱀 등 무수한 파충류를 키우고 있다.

방구석에 있는 선반에 놓은 것은 투명한 케이지. '렙타일 박스'라 불리는, 파충류 사육에 특화된 아크릴 케이지였다.

그 안에는 디저트 소일이라 불리는 바닥재가 깔렸고, 은신처가 될 셸터나 물그릇이 놓여 있었다.

"일단 필수인 것만 준비했어. 이것만 있으면 문제없어. 남은 건…… 겨울이 되면 전용 히터 같은 게 필요한데…… 그건 뭐, 겨울이 되면 다시 알려줄게."

"하나부터 열까지 고마워."

"고맙긴 뭘. 자, 그럼 고대하던 이사 타임!"

카에는 옆에 있던 작은 케이지에서 익숙한 손놀림으로 레오파드 한 마리를 꺼내 세팅한 케이지로 옮겼다.

레오파드.

레오파드 게코.

일본어 이름은— 표범도마뱀붙이.

정확히는 도마뱀이 아니라 도마뱀붙이로 분류된다.

레오파드는 개체에 따라 체표의 색이 달라서 그 컬러링에 따라 다양한 명칭이 붙는다.

이 개체는 노란색 몸에 검은 반점.

하이옐로라 불리는 품종이다.

새집으로 옮긴 레오파드는 케이지 안을 느릿느릿 걸었다. 새로운 환경에 익숙하지 않아서인지 주위를 두리번두리번 둘러보았다. 그 독특한 폼과 동작에 나는 한순간에 마음을 빼앗겼다.

"귀, 귀여워……!"

"후후훗. 그렇지, 그렇지?"

카에는 매우 기뻐 보였다.

"모쪼록 성체 하이옐로를 예뻐해 줘."

파충류 마니아인 카에의 영향을 받아 나도 파충류에 관심을 갖고 있었다.

그래 봐야 인터넷에서 동영상을 보는 정도지 직접 키우지는 않았다.

하지만— 오늘.

우리 집에도 드디어 레오파드가 왔다.

파충류 사육의 정석…… 그 레오파드 게코가!

"정말 공짜로 받아도 돼?"

"괜찮다니까. 우리 집에서 태어난 애라서 나한테도 공짜나 마찬가지야. 그보다…… 오히려 돈을 받으면 안 돼. 생체 매매는 자격을 가진 사업자만 할 수 있어. 개인 간 무상 양도라면 과하지 않은 선에서 괜찮고."

그렇게 말하며 카에는 가방에서 파충류 먹이가 든 시판 팩을 꺼냈다.

영양제가 들어 있을 법한 팩이었는데, 패키지에는 정면을 향해 혀를 내민 레오파드가 있었다. 귀엽다.

"이 아이는 인공 먹이로 길들였으니 핀셋으로 이 먹이를 주면 아마 괜찮을 거야. 새로운 케이지로 옮기면 하루, 이틀은 환경 변화 때문에 먹이를 먹지 않을 수도 있는데, 그때는 억지로 안 줘도 돼."

"알았어."

"하지만…… 레오파드는 어느 날 갑자기 먹이를 안 먹이도 하니까 주의해. 스트레스나 실내 온도 등등 다양한 원인이 있는데…… 그럴 때는 먹이를 바꿔 보는 것도 중요해."

"먹이를 바꾼다는 말은…… 그러니까."

"그래. 인공 먹이에서 살아 있는 먹이로."

"……읔!"

살아 있는 먹이.

그 말인즉— 벌레.

파충류의 주요 먹이는— 벌레.

죽은 벌레는 먹지 않기 때문에 산 채로 줘야 한다.

레오파드의 살아 있는 먹이로 펫숍에서 판매하는 건, 먹이용으로 사육된 귀뚜라미나…… 바퀴벌레다.

먹이용 바퀴벌레는, 레드로치나 두비아라는 해외 품종인데, 우리가 상상하는 바퀴벌레와는 종류가 다르다……는 걸 머리로는 알고 있다.

알고 있기는 하지만…… 그렇지만 바퀴벌레는 바퀴벌레라는 인식이 사라지지 않는다.

"레드로치도 괜찮다면 얼마든지 줄게. 지금 집에 만 마리 정도 있거든."

"만 마리……?!"

"번식이 간단해서 금방 늘어나. 어떻게 할래? 얼마나 줄까? 천 마리? 이천 마리?"

"돼, 됐어, 됐어! 귀뚜라미로 노력해 볼게!"

바퀴벌레를 수천 마리나 받을 용기는 없다. 그런 게 집에서 부스럭거리면 무서워서 밤에 잠도 못 잘 것 같다.

"아하하, 오케이. 강요는 안 해. 사람마다 사육 스타일이 있으니까. 어쨌든…… 기쁘네. 유이코가 드디어 이쪽 세계에 발을 들였으니까."

감개무량한 듯 말하는 카에.

전부터 파충류 사육에는 관심이 있었다. 하지만…… 먹이가 살아 있는 벌레라는 점이 엄청난 걸림돌이라 도저히 마지막 한 발을 내디딜 수 없었다.

"키우기로 결심한 이유가 있어?"

"……딱히 없어."

"흐~음. 외로워져서 그런 줄 알았지. 그 연하남이랑 헤어져서 혼자 있는 게 외로웠나 해서."

사네자와와 나의 관계를 카에에게는 조금 이야기했다. 페어링 이야기는 빼고 '친해져서 섹스는 한 사람'이라는 식으로 말했다.

그리고— 그 관계가 끝난 것도 이미 말했다.

"그런 거 아니야."

나는 말했다.

"깔끔하게 끝났어. 본래 연인도 뭣도 아니었으니 끝나서 후련해."

"그래? 뭐, 그렇겠지."

"그 사람…… 실은 회사 후배였는데, 지금은 그냥 평범하게 대하고 있어. 가끔 만나도 대화 좀 하다 끝나고."

"회사 사람이었구나……. 그럼 의외로 사귀지 않아서 다행이었는지도 모르겠네. 어차피 끝날 거면 빠른 게 좋지."

그렇다. 다행이었다.

이걸로 됐다.

몸뿐인 관계.

아이만 만드는 관계.

어차피 미래가 없는 관계라면— 일찌감치 끝나서 다행이다.

질질 끌면 끌수록 마지막이 괴롭기만 할 뿐이니까.

서로 상처가 깊어지기 전에 끝날 수 있어서 다행이다.

"당분간 남자는 필요 없어. 얘랑 둘이 살래."

"그게 좋아. 포유류 수컷은 상관 말고 파충류나 사랑하자고."

밝게 웃어넘기듯 말하는 카에.

나는 케이지로 시선을 옮겼다.

하이옐로 레오파드는 걷다가 지쳤는지 그 자리에 멈춰 있었다.

"그러고 보니 얘 한 마리만 키워도 괜찮아?"

"응?"

"외롭지 않을까 해서. 이대로 두면 케이지 안에서 계속 혼자 있는 거잖아? 친구라도 있는 게……."

"아, 괜찮아."

카에는 말했다.

"파충류에게는─ 외롭다는 감정이 없거든."

없어?

외롭다는 감정이?

"무리를 이루는 포유류와 달리 날 때부터 혼자 사는 게 평범한 일이거든. 고독주의자 유전자가 새겨진 거지. 여러 마리를 키우지 못하는 건 아니지만…… 레오파드는 단독 사육을 압도적으로 추천해. 두 마리 이상 넣으면 싸우기도 하고."

"…………"

"주인에게도 적응은 할지언정 따르지는 않아. 아무리 돌봐줘도 주인 얼굴을 기억하지 못해. 개나 고양이 같은 포유류 반려동물과는 그 점이 다르지."

"…………."

"애도 어렸을 때부터 내가 애지중지 키우다 오늘 갑자기 헤어지게 됐지만…… 아무 느낌도 없을 거야. 그 고고함이 파충류의 매력이기도 하지만."

"……그렇구나."

나는 말했다.

케이지 속에서 멈춰 선 레오파드를 바라보며.

"그렇다면 난— 파충류가 되고 싶네."

"뭐?"

"파충류에겐…… 외롭다는 감정이 없다며?"

말과 함께 눈에서 무언가가 떨어졌다.

"평생 혼자 살아도 아무렇지도 않은 거잖아? 소중한 사람과 헤어져도 아무 느낌도 없는 거잖아? 좋겠다……. 나도 파충류면 좋았을 텐데. 그러면……."

"유이코……."

나는 아무 말도 할 수 없어서 그저 조용히 케이지를 바라보았다.

옆에 있던 카에는 묵묵히 내 어깨를 감싸주었다.

투명한 상자에 갇힌 레오파드는 태연한 얼굴로 유유히 케이지 안을 활보했다.

밤.

카에가 돌아간 뒤—.

방에는 나와 레오파드 단둘.

케이지 안에서 특징적인 굵은 꼬리를 흔들며 느릿느릿 걷는 모습을 바라보니 마음이 조금 안정되었다.

넓은 방에 반려동물 한 마리가 있을 뿐인데 고독이 조금 잊혔다.

하지만 그것은 뒤집어 말하면— 잊고 싶을 정도의 고독을 느끼는 나를 강하게 의식한다는 뜻이기도 했다.

"……이름을 고민해야겠네. 그리고…… 레이아웃도. 소품이라도 넣어 볼까?"

필요 최소한의 설비밖에 없는 살풍경한 사육 케이지.

인터넷에서 다른 보호자의 사육 환경을 보니…… 레이아웃이 세련된 사람이 많았다. 알록달록한 소품을 넣거나, 돌과 흐르는 물, 식물 등을 이용해 아웃도어 스타일로 완성하거나.

작은 물건을 소독해서 케이지에 넣어 보는 것도 괜찮을 것 같다.

뭐가 없을까?

괜찮은 소품—.

"……아."

여기저기 서랍을 열며 찾다가— 발견한 것은 레오파드 피규어였다.

총 다섯 개인 피규어. 하나는 데이트하다가 인형 뽑기 기계에서 뽑은 것이고, 나머지 네 개는 나중에 받은 것이다.

그렇다. 생각났다.

텔레비전 앞에 장식했던 것을 이곳에 정리해 두었다.

버리려고 했는데…… 도저히 버릴 수 없어서.

—안 버릴 거예요. 기념으로 간직할래요.

—모노우 씨와 데이트한 기념이요.

—실의에 빠진 여자애가 있다면 오락실 경품을 선물하는.

—그런 학생 같은 행동도 가끔은 괜찮을 것 같았어요.

기억이, 추억이, 되살아났다.

잊어야 하는데.

없던 일처럼 해야 하는데.

그가 이동하며 접점이 줄어 드디어 잊을 수 있을 것 같았는데— 사소한 계기로 모든 것이 떠올랐다.

그가 주었던 온기, 눈빛, 다정한 말, 그 전부를 오감이 기억하고 있었다.

만약.

만약 내가 더 젊었다면.

그와 같은 20대 초반이었다면.

사소한 건 전혀 생각하지 않고, 그의 호의를 받아들일 수 있었을 것이다. 감정이 가는 대로 행동할 수 있었을 것이다.

하지만 30대가 된 나는…… 이미 많은 것을 짊어지고 있다.

내려놓고 싶어도 내려놓을 수 없는 짐이 많다.

엄마.

어떻게든 아이를 낳고 싶었던 이유.

그는 아직 진짜 나를 모른다.

내가 필사적으로 숨겼으니 알아채지 못했을 것이다.

내가 품고 있는 것을 알았다면…… 분명 나를 떠나갔을 것이다. 아무리 다정한 남자라도 백년해로하기는 부담스러웠을 것이다.

그렇다면— 여기서 끝내는 게 낫다.

젊은 그의 미래는 아직 창창하니까.

계속 나 같은 사람에게 얽혀 인생을 낭비할 필요는 없다—.

"……응?"

그때— 스마트폰이 진동했다.

뜻밖의 인물이 보낸 메시지였다.

제6장 사네자와 하루히코의 각오

모노우 씨의 첫인상을 묻는다면…… '무섭다'일까?

단순히 그녀가 무섭다기보다 내가 필요 이상으로 무서워하기도 했을 것이다. 신입사원의 입장에서 본 그녀는 역시 공포에 가까운 감정이 느껴지는 상대였다.

"─그래서 오늘부터 제가 교육을 맡을 거예요. 잘 부탁합니다."

"아, 네, 잘 부탁드립니다."

입사 1년 차.

연수를 마치고 영업3과에 배치된 나는 모노우 씨 밑에서 일하게 되었다.

일반적으로 신입사원은 한동안 선배 사원을 따라다닌다.

본래는 과장인 모노우 씨가 맡을 역할이 아니었지만, 당시에는 이동과 퇴직 등으로 영업3과가 정신없어서 모노우 씨가 교육을 맡게 되었다.

솔직히 말하자면…… 꿈이기를 바랐다.

신입 연수 단계부터 소문은 익히 들었다.

영업3과의 과장은─ '여제'라 불린다고.

일은 잘하고 엄청난 미인이지만, 상사에게도 부하 직원에게도 아주 엄격한 여성이라고.

그런 사람이 직접 교육을 한다니 재수도 없지.

조금이라도 실수하면 얼마나 혼이 날지 알 수 없다.

그렇게 전전긍긍했지만—.

"'확재'는 '판매 확대 재료'의 줄임말이야. 서점에서 홍보에 쓰는 포스터나 POP를 말하지. 우리 과에는 그렇게까지 많지 않지만, 만화나 라노벨 영업에는 양이 제법 많아. 캐릭터 등신대 패널이나 태피스트리 같은 것도 있으니까."

"아, 네……."

"'부결'…… '부수 결정'을 말해. 서적을 초판에 몇 부나 인쇄할지, 증쇄와 중판을 몇 부나 할지, 그런 부수를 편집부와 영업부가 의논해서 결정하는 회의를 '부결 회의'라고 불러. 대개는 '한 부라도 많이 인쇄하고 싶은 편집부'와 '그걸 엄격하게 판단하는 영업부'가 한 판 붙는 회의지."

"그렇군요……."

"혹시 궁금한 게 있어?"

"저기…… 대체 '중판'이 뭐죠? 어렴풋이 짐작은 되는데요."

"아, 그렇구나. 미안해. 우선 거기서부터 설명해야겠구나……. '중판'은 말이야—."

교육 1일 차의 모노우 씨는 뭐랄까…… 맥이 빠질 만큼 평범했다.

아무것도 모르는 신입인 나는 일단 그녀 뒤를 따라다녔는데, 딱히 엄격한 지도나 질책은 받지 않았다.

그러기는커녕 빈 시간에는 세심하고 정성스럽게 의문에 답해 주었다. 출판업계 특유의 용어 등도 싫은 내색 전혀 없이 설명해 주었다.

특별히 애교스럽게 방긋방긋 웃은 건 아니지만, 차분하고 담담하게 교육 담당 역할을 완수했다.

'여제'라는 이미지와는 거리가 먼, 평범한 여성—.

"수고했어. 뭐 좀 마실래?"

"아, 감사합니다……."

한바탕 업무가 끝난 뒤.

모노우 씨는 사내 휴게실에서 캔 커피를 사 주었다.

자기가 마실 생수도 산 뒤 의자에 앉았다.

"하루 동안 일해 보니 어땠어?"

"그게…… 아직 전혀 일한다는 실감이 안 나네요. 할 줄 아는 게 하나도 없어서 죄송하기만 하고."

"신입 때는 다 그래. 공부하는 것도 일이야."

생수를 한 손에 들고 말했다.

말투는 담담했지만, 말은 아주 다정했다.

서서히 가슴에 감동이 퍼졌다.

"과장님…… 오늘은 감사했습니다."

"아니야. 내가 맡은 신입 교육 일을 했을 뿐인걸."

"아주 정성스럽게 일을 가르쳐 주셨어요……. 좀 더 엄격하게 지도하실 것 같은 이미지가 있었거든요."

"엄격한 이미지?"

"앗. 그게……."

아뿔싸. 쓸데없는 소리를 했는지도 모르겠다. '여제'라는 별명을 좋게 생각할 리가 없고, 어쩌면 본인은 모를 가능성도 있다.

나는 실언을 후회했지만, 모노우 씨는 작게 한숨을 쉬더니,

"시대가 바뀌었잖아."

하고 말했다.

비꼬는 듯하면서도 무언가를 단념한 듯한 말이었다.

"중간 관리직도 여러모로 힘들어. 윗사람 명령에는 복종해야 하지, 아랫사람은 키워야 하지. 부하가 실수하면 상사 책임이지만, 실수하지 않도록 엄격하게 지도하다 그만두기라도 하면 그것도 상사 책임……."

"…………."

"열 살이나 나이 차이가 나면 사고방식도 가치관도 전혀 다를 테니까. 나도 젊었을 때는 상사의 고지식한 생각과 가치관이 너무 싫었어. 하지만…… 지금은 내가 상사 입장이니까. 아랫사람이 그렇게 느낄지도 모른다고 생각하면…… 여러모로 복잡해."

"…………."

깜짝 놀랐다. 신입사원인 나는 당연히 긴장과 불안이 가득한 하루였지만— 상대도 상사라고 해서 여유만만한 건 아니었던 모양이다.

상사만의, 중간 관리직만의 고민을 품고 있었다.

오늘의 정성스러운 지도는 그녀의 다정한 마음이 아니라…… 신입의 심기를 거스르지 않고자 벌벌 떨며 대했을 뿐인지도 모른다.

주의하고 배려하며 아주 조심스럽게.

"……아, 미안해. 당신한테 할 말이 아니었네. 못 말린다니까……. 요즘 우리 과가 계속 정신이 없어서 불만이 많아졌나 봐."

"저기…….."

나는 말했다.

피로가 엿보이는 상사에게.

"저는 괜찮아요. 더 엄격하게 대하셔도."

"……응?"

"아무리 엄격하게 대하셔도 절대 그만두지 않을 거니까요."

"…………."

"제 입으로 말하긴 좀 그렇지만…… 근성 하나만큼은 자신 있어요. 계속 운동하던 사람이라 엄격한 지도에도 꽤 익숙하거든요."

불안해 보이는 상사를 배려한— 행동은 아니다.

상대를 생각하는 마음도 조금은 있었지만, 가장 큰 건…… 나 자신이 어느 정도 엄격한 걸 바랐기 때문이다.

엄격한 지도를 받아 빨리 회사의 전력이 되고 싶었다.

당당히 사회인이라고— 훌륭한 어른이 되었다고 말하고 싶었다.

축구를 그만두고 아무것도 남지 않은 내 인생에 어떻게든 새로운 기둥을 구축해서 새로운 나를 확립하고 싶었다.

1년 차인 나는 그런 생각을 하고 있었다.

"그러니까 과장님도 사양 말고 엄격하게 지도해 주세요! 잘 부탁드립니다!"

"……후훗."

거기서 모노우 씨는 웃었다.

"갑자기 열정적인 말을 하네."

오늘 하루 담담한 무표정을 유지하던 그녀가 처음으로 보인 미소. 그것은 나도 모르게 가슴이 두근댈 정도로 매력적이었다.

"엄격하게 말이지……? 그런 말을 하는 사람일수록 정말로 엄격하게 대하면 그만두겠다느니, 갑질이라느니 하던데."

그렇게 말하며 모노우 씨는 생수를 한 모금 마시고 병을 테이블에 내려놓았다.

"그래, 알았어. 당신 의견을 존중해서— 조금 엄격하게 대할게."

"네. 부탁드립니다."

"그럼— 사네자와. 내 말 잘 들어."

그 순간.

그녀의 눈빛이 갑자기 날카로워졌다. 표정도 단숨에 험악해졌고, 주변의 공기가 영리하게 변모했다. 하지만 그것은 어쩐지…… 아주 자연스러워 보였다. 지금까지 온화하던 분위기가 억지로 만들었던 것만 같았다.

예리한 눈빛을 받아 나도 모르게 몸이 움츠러들었다.

"사전 학습이 너무 부족해!"

"……윽."

"아무리 신입이라고 해도 지금껏 얼마나 시간이 많았어? 출판사에서 일하게 됐으니 최소한 공부해 둬야 할 게 있잖아! '광재'나 '부결'은 그렇다 쳐도 '중판'을 모르는 건 공부가 부족한 거야! 책에 조금이라도 관심이 있는 사람이라면 다들 아는 말이라고."

"죄, 죄송합니다……."

"게다가…… 좋아하는 책이나 최근 재미있게 읽었던 책을 물었을 때 탁 튀어나오지 않는 것도 안 돼. 늘 시장에 안테나를 뻗어 두도록 해. 영업이 그저 책을 서점에 두기만 하는 일이라고 생각해서 안일하게 보는 거야? 앞으로의 시대는 말이지, 영업도 크리에이티브한 시점을 갖고 일해야 해."

"……네, 네."

"그리고 전화 대응도 엉망이었어……. '모노우 과장님'이라고 한 번 말했으면 그대로 가도 돼. '사외 사람에게는 상사도 낮춰 부른다'는 상식을 성실하게 지키려는 건 알겠지만, '모노우 과장님…… 앗. 모노우는'이라고 일일이 고치지 않아도 돼. 그리고—."

잔소리가 멈추지 않았다. 그 뒤에도 모노우 씨는 그리고, 그리고, 라며 내게 쓴소리를 했다.

이런 첫날을 지나 이튿날부터 모노우 씨의 지도 방침은

단숨에 엄격하게 변했고, 나는 그녀가 '여제'라 불리는 이유를 몸소 깨달았다.

'엄격하게 대해 주세요'라고 부탁한 걸 깊이 후회하며 그녀에게 직접 지도받는 나날을 보내게 되었다.

지금은…… 그립다.

그렇다. 모든 게 그립고 애틋하다.

생각만 해도 가슴이 괴로워질 정도로.

골든위크 첫날.

나는 치바에 있는 본가에 내려갔다.

5월 연휴에 본가에 가는 건 오랜만이었다.

올해는 연말연시에도 갔기에 이번 연휴에는 가지 않을 예정이었다.

하지만― 급히 내려갔다.

좀처럼 오지 않는 가족 중 한 명이 이번 연휴에 오랜만에 귀성한다며 부모님이 불렀기 때문이다.

"아~아, 냉장고에 맥주밖에 없네."

본가 거실.

덩치가 크고 다부진 남자가 맥주병과 컵을 들고 주방에서 나왔다.

"난 별로 안 좋아하는데. 하루히코, 맥주 마실래?"

"못 마시는 건 아니지만……. 그럼 엄마랑 아빠 오실 때까지 기다려. 이것저것 사 온다고 하셨으니까."

"지금 당장 마시고 싶단 말이야."

그렇게 말하며 병따개로 뚜껑을 따더니 맥주를 컵에 따랐다.

"오랜만에 형제끼리 만났네."

내민 컵을 받아 어쩔 수 없이 건배했다.

눈앞에 있는 남자의 이름은— 사네자와 슌이치로.

나의 친형.

직업은 축구 선수.

일본 대표로도 발탁될 만큼 초일류 운동선수다.

"그나저나 정말 오랜만이다. 너 보는 거, 몇 년 만이지? 일정이 전혀 안 맞았잖아."

"……그러게."

일정이 안 맞았던— 게 아니다.

내가 형을 피했다.

프로로서 이곳저곳을 누비며 바쁜 형이 가끔 집에 오는 날은 어떤 이유든 붙여서 귀성을 피했다.

되도록 얼굴을 마주치고 싶지 않았으니까.

얼굴만 봐도 콤플렉스가 자극되어 비참한 기분이 들었으니까.

형, 사네자와 슌이치로는 천재였다.

어렸을 때부터 엘리트 코스를 밟았고, 프로로서도 성공을 거뒀다.

그리고 동생인 나는 같은 부모 밑에서 태어나 같은 환경에서 노력했지만 모든 면에서 형에게 미치지 못했다.

 형과 비교당하고 실망을 안기고, 그런 평가를 뒤집고자 노력해도 보람은 없었다. 마지막엔 부상을 당해 은퇴. 그것이 내 축구 인생.

 위대한 형을 따라잡고자 필사적으로 달렸지만, 발끝에도 못 미친 채 좌절했다.

 그래서 형은 내게 콤플렉스의 상징 같은 존재다.

 "일은 어때? 출판사에 다닌댔나?"

 "평범해."

 "책 만들지? 대단하네."

 "아냐. 난 편집부가 아니라 영업부거든. 만드는 게 아니고 팔아. 전에는 실용서였는데 올봄부터 만화 쪽 영업을 해."

 "와. 대단한데? '원●스' 작가 만난 적 있어?"

 "없어. 다른 회사야."

 맥주를 마시며 적당한 대화를 했다.

 밝게 이야기하지만…… 축구 이야기는 하지 않는다.

 언제부터였을까?

 초등학생 때는 원하지도 않았는데 장황하게 조언하던 형이 언제부터인가 내게 축구 이야기는 하지 않게 되었다.

 일종의 배려라는 건 알고 있다.

 내가 상처받을 거라 생각하는 거겠지. 아무 잘못도 없는 형에게 그런 신경까지 쓰게 해서 미안할 따름이다.

"하루히코. 너 언제까지 있을 거야?"

"내일까지는 있으려고."

"응, 마침 잘됐다. 내일 부모님이랑 같이 너한테도 소개하고 싶었거든. 사실은 오늘 데려오고 싶었는데 그쪽 사정이 안 돼서."

"……응?"

"나 결혼해."

형은 태연히 말했다.

"아, 그래? 축하해."

적절한 태도로 대답했다. 놀라지는 않았다. 충분히 그럴 나이이고, 형과 결혼하고 싶은 여자는 얼마든지 있을 것이다.

"누군데? 아나운서? 아니면 외국인 모델?"

"아하하. 아니야. 아마 너도 아는 사람일 거야. 지금 근처 병원에서 의료 사무를 보고 있거든. 아오야마라는 사람인데…… 나랑 고등학교 때 사귀었던 사람 있잖아."

"……응? 아, 아~ 그 사람?"

아오야마 씨라면 알고 있다.

형이 고등학교 때 사귀었던 사람이다.

"하지만 형, 아오야마 씨한테 차이지 않았어? 축구밖에 모른다고."

"맞아. 지독하게 차였지. 하지만 도저히 못 잊겠더라……."

쑥스러운 듯 말했다.

"재작년쯤에 근처에서 우연히 만났어. 그래서 내가 확 달아올랐고 재결합이라고 하나? 열심히 꼬셔서 다시 사귀게 됐지. 처음에는 전혀 받아 주지 않았지만. 고등학교 때 인상이 너무 안 좋았다나 봐."

"……의외네."

일본을 대표하는 축구 선수.

그런 형의 결혼 상대는— 고향에 있는 옛 여자 친구였다.

"형이라면 얼마든지 다른 사람이 있었을 거 아냐? 옛 여자 친구에게 목매지 않아도."

"아하하, 무슨 소리야?"

맥주를 들이켜던 형은 웃으며 말했다.

"누군가를 좋아하는 건 그런 게 아니잖아."

취기가 돌아 빨개진 얼굴에서 튀어나온 말은 정말로 자연스레 나온 말이라— 그렇기에 어쩐지 묵직하게 들렸다.

그런 게 아니다.

누군가를 좋아한다는 건.

"……멋있네, 형."

나는 말했다. 진심이었다.

돌이켜 보면— 형을 순순히 칭찬한 건 초등학생 때 이후로 처음일지도 모르겠다. 축구 선수로서 아무리 위업을 이루어도 질투나 열등감 때문에 순순히 칭찬할 수 없었다.

하지만 지금, 신기하리만큼 자연스럽게 형을 칭찬할 수

있었다.

"갑자기 뭐야? 칭찬해도 아무것도 안 나와."

"……나 말이야."

맥주를 벌컥 마신 뒤 나는 말했다.

"솔직히 형이 불편했어."

"…………."

"할 수만 있다면 되도록 얼굴을 마주치고 싶지 않았어. 눈치챘지? 내가 형을 피했던 거."

"……그야 뭐."

조용히 고개를 끄덕이는 형. 나는 말을 이었다.

"천재인 형과 평범한 동생……. 그 관계가 계속 콤플렉스였어. 질투하고 열등감을 느껴서 같이 있기만 해도 짜증이 났어. 견딜 수 없었어."

한 번도 뱉은 적 없는 말을 형에게 토해냈다.

절대로 보여주지 않으려고 감춰 왔던 마음의 추한 내면을.

"게다가 형은 좋은 사람이잖아? 동생인 내게는 늘 다정했고, 재능을 자랑한 적도 없었고……. 그래서 더…… 피해의식이 강해졌어. 같이 있으면 가슴이 답답했어. 차라리 재수 없는 형이었으면 좋았겠다 싶었지. 그랬으면 거리낌 없이 싫어해서 형을 미워하는 힘으로 강하게 살 수 있었을지도 몰라."

"……후핫. 좋은 사람이라고 하니 불평을 들어도 난감하네."

"다쳐서 축구를 그만두고 평범하게 취직하고…… 그런데도 변하지 않았어. 주위에서는 형 이야기만 하고, 영업 일을 하면서도 형 이야기를 하면 분위기가 좋아져서 일도 잘되고……. 형에 대한 콤플렉스는 축구에서 멀어져도 전혀 사라지지 않았어."

하지만, 하고 나는 말했다.

"최근엔― 그런 걸 신경 쓸 겨를도 없었어."

―이제부터 나랑― 아이 만들기만 해 주지 않을래?

―저기…… 그, 그래. 보는 걸 좋아해. 도마뱀이나 뱀.

―돌싱이야.

―응? 사네자와 형이 축구 선수야?

몇 달간의 수많은 추억이 되살아났다.

처음에 나를 선택한 이유가 '사네자와 슌이치로의 동생이기 때문'이라고 착각했을 때는 어마어마한 절망감에 뒤덮였지만― 그게 착각인 걸 안 뒤로는.

내가 그녀를 좋아하게 된 뒤로는.

형은 신경 쓸 겨를도 없었다.

그녀만으로도 머리와 마음이 가득했다.

"여러 가지 복잡한 일에 휘말리고, 휘둘리고, 푹 빠져서…… 형이나 축구를 떠올릴 틈도 없었어."

생각하지 않았다.

전혀 생각하지 않았다.

모노우 씨를 좋아하게 된 뒤로는 형에 대한 콤플렉스는 떠올릴 여유가 없었다. 그녀만으로 가슴이 가득했다.

내가 생각해도…… 너무 단순해서 웃음이 나올 것 같다.

평생 씻을 수 없다고 생각했던 축구에 대한 좌절이, 형에 대한 콤플렉스가— 사랑에 좀 빠졌기로서니 전혀 개의치 않게 될 줄이야.

단순하지만 그뿐이었다.

내게 모노우 유이코는 그뿐인 사람이었다.

"…………."

다시 형을 보았다.

계속 피해 왔던 위대한 형.

오늘 형이 있다는 걸 알면서도 본가에 내려온 건 확인하고 싶었기 때문이었다.

지금은 내가 정말로 형에 대한 콤플렉스를 극복했는지.

얼굴을 마주하고 이야기해도 열등감에 뒤덮이지 않을 수 있을지.

그 결과는…… 더는 말할 것도 없다.

아무리 뒤쫓아도 닿지 않았고, 정면에서 마주하지 않고 늘 눈을 피해 왔던 형을— 지금 나는 정면으로 바라볼 수 있다.

"형. 사실 나 최근에 차였어."

맥주를 한 손에 들고 말했다.

술김에 실연 이야기를 해 보았다.

어디서나 볼 수 있는 사이좋은 형제처럼.

"흐음…… 아아, 그렇구나. '신경 쓸 겨를도 없었다'는 건 홀딱 반해서 정신이 없었다는 거구나?"

"뭐, 그런 거지."

"하아…… 그렇구나. 너한테 그런 얘기는 처음 듣네."

"인생 첫 실연이니까. 연애도 잘하던 형과는 달리 나는 축구밖에 안 했으니까."

투덜투덜 비꼬듯 말하며 덧붙였다.

"시원하게 차였으니 포기해야 한다고 생각했어. 깔끔하게 잊고 아무 일도 없었던 듯 행동하는 게 상대를 위하는 길이라고. 하지만…… 형의 결혼 이야기를 듣고 생각이 좀 바뀌었어."

"…………"

"조금 더 매달려 봐도 괜찮겠다고."

"나를 참고해도 책임 못 진다?"

그렇게 말하며 형은 곤란한 듯 웃었다.

"미련이 있다면 매달려 보는 것도 괜찮지 않아? 넌 축구도 그렇게 끈질긴 수비가 주특기였잖아."

"재능이 없으니 그렇게 할 수밖에 없었을 뿐이야. 사실은 형처럼 센스 있는 포워드가 되고 싶었어."

"너는 너잖아. 얄밉게 들릴지도 모르겠지만…… 나는 네 축구를 좋아했어."

신기하게도— 얄밉게 들리지 않았다.

학창 시절의 나였다면 방금 그 한마디에 상당한 열등감을 느꼈으리라. 형이 무슨 말을 해도 거만한 동정으로만 생각되었다.

하지만 지금의 나는 순순히 형의 말을 받아들일 수 있다.

마음가짐이 달라졌을 뿐인데 이토록 세상이 변하는구나 싶어 감탄했다.

이것이— 어른일까?

그렇다면 역시 포기할 수 없다.

그녀는 다양한 의미로 나를 어른으로 성장시켜 주었다.

그런 상대를— 쉽게 잊을 수는 없다.

퇴근길,

독신 미인 상사에게

부탁받아서

제7장 모노우 과장님과 카노마타 미쿠

골든 위크, 이틀째 밤.

번화가에 있는 선술집은 그럭저럭 혼잡했다.

예약했다고 말하고 안쪽에 있는 개인 룸으로 안내받아 들어가자— 안에는 이미 기다리는 여성이 있었다.

어제 내게 같이 술 마시자고 했던 사람이다.

"저기, 그럼 일단 건배부터 해요."

맞은편에 앉은 그녀는— 카노마타 미쿠 씨는 그렇게 말하고 레몬 사와가 든 유리잔을 높이 들었다.

나도 하이볼이 든 유리잔을 똑같이 높이 들었다.

무알코올이 아니라 평범한 하이볼.

페어링 관계는 끝났으니 이제 금주할 필요도 없다.

"설마…… 같이 술 마시자고 할 줄은 몰랐어."

카노마타 씨와는 같은 영업부지만, 직속 부하 직원은 아니어서 그렇게까지 친분은 없다. 단둘이 대화하는 건 이번이 처음일지도 모르겠다.

"아하하. 저도 설마 제가 이런 짓을 할 줄은 몰랐어요. 과장님은 부하 직원과 한잔하러 가는 타입은 아니신가요?"

"그럴 나이도 아니잖아."

선배의 제안도 거절하는 타입.

자신이 먼저 부하 직원에게 말을 꺼낸 적은— 한 번뿐.

주문한 안주 몇 가지가 나왔다. 닭튀김과 감자튀김 등.

카노마타 씨는 그것들을 안주 삼아 술을 조금 마신 뒤,

"답답한 건 질색이니 단도직입적으로 여쭐게요."

라고 말을 꺼냈다.

"사네자와랑 무슨 일 있었나요?"

"……무슨 일이라니?"

일순 말문이 막힐 뻔했지만, 어렵사리 평정을 가장하고 대답했다.

"아니, 그게…… 최근에 좀 이상하잖아요. 갑자기 데면데면하고 어색해졌어요."

"이동이 있었으니 당연하지. 이제 과가 다르니까. 용건도 없는데 이야기를 나눌 일은 없잖아."

"그건 그렇지만…… 어쩐지 전과는 달라요. 아마 저밖에 눈치채지 못했을 위화감일 테지만…….."

그리고 망설이고 주저하는 듯한 공백 뒤에,

"실은 저…… 작년에 사네자와에게 차였어요."

라고 카노마타 씨는 조금 부끄러운 듯 말을 이었다.

"그랬구나."

깜짝 놀랐다.

설마 그런 일이 있었을 줄이야.

이전에 사네자와와 둘이 걷는 모습을 발견하고 어쩌면 친밀한 관계일지도 모른다고 추측하기도 했지만— 생각보다 복잡한 관계였던 모양이다.

"'나, 좋아하는 사람이 있어', '지금은 그 사람밖에 생각

할 수 없어'라더군요."

……깜짝 놀랐다.

……설마 그렇게 찼을 줄이야.

아무리 그래도 너무 돌직구잖아!

더 애매모호하게 흘렸으면 좋았을 텐데!

"차인 사실은 어쩔 수 없으니 이제 와 어쩌려는 건 아니지만…… 그저 상대가 누군지 너무 궁금해서요."

"…………."

"사네자와가 좋아했던 사람…… 저는 과장님이 아닐까 예상하는데, 제 말이 맞나요?"

"……무슨 소리야? 왜 나 같은—."

"가능하면."

코웃음 치듯 뱉은 내 말을 가로막듯 카노마타 씨는 소리 높였다.

"가능하면…… 확실하게 말씀해 주셨으면 좋겠어요."

"…………."

"솔직히…… 과장님도 알고 오신 거 아니에요? 제가 이런 이야기를 할 거란 걸. 그게 아니면…… 저랑 술자리엘 오시겠어요? 그렇다면 솔직해지자고요. 저도 창피한 실연 이야기를 했으니까요."

말문이 막혔다.

복잡한 기분이 가슴속을 오갔다.

당혹감…… 그리고 초조함.

오랜만에 섭취한 알코올 때문일까? 몸이 뜨거워지며, 동시에 감정도 가열되어 불타올랐다.

어째서.

왜 이런 말까지 들어야 하지?

왜 이렇게까지— 파헤쳐져야 하지?

제삼자에 지나지 않는 이 여자에게……!

그보다…… 제멋대로 지껄여 놓고 '내가 말했으니 너도 말해'라니, 그게 뭐냐……!

"……알았어. 그렇게 듣고 싶다면 솔직하게 얘기해 줄게."

나는 말했다.

하이볼을 벌컥 들이켠 뒤.

"사네자와가 좋아했던 사람은— 나야."

"…………"

"시간적으로 따져 봐도 당신이 차인 이유는 나일 거야. 내게 빠졌으니 당신을 찬 거지."

"……뼈, 뼈를 때리시네요."

"당신이 원했잖아."

나는 말했다. 이제 멈추지 않는다. 멈출 수 없다.

가슴에 싹튼 초조함은 자포자기에 가까운 감정으로 변해 갔다.

"그 사람이 나를 좋아하는 건 알고 있었어. 작년 겨울…… 새삼 말로 고백하기에 단호히 그를 찼지. 우리 사이가 이상했다면 분명 그 이유 때문일 거야."

"아, 그랬군요……. 역시 사네자와는 차였군요."

"뭐— 섹스는 했지만."

"섹……?!"

내가 말하자 카노마타 씨의 눈이 휘둥그레졌다.

사네자와의 실연은 어느 정도 예상했던 모양이지만, 우리의 육체관계까지는 예상하지 못했던 모양이다.

"세, 섹…… 해, 했나요?"

"했어. 했지. 잔뜩 했어."

"잔뜩……?!"

"열 번은 했으려나? 스무 번은 되는 것도 같고 아닌 것도 같고."

어쩐지 자포자기한 심정으로 말을 이었다.

"요컨대…… 섹파 같은 관계였어. 어느 날 퇴근길에 내가 한잔하자고 했고, 분위기를 타고 호텔에 갔고, 그 뒤로도 정기적으로 관계를 가지는…… 그런 문란한 관계였어."

임신 관련 이야기만은 빼놓고 진실에 가까운 이야기를 했다.

내가 생각해도 왜 이렇게 복잡한 이야기를 하는지 모르겠다.

왠지 이야기하고 싶었다.

털어놓고 싶었다.

내가 얼마나— 추한 짓을 했는지.

내가 얼마나— 그의 마음을 짓밟았는지.

"사내자와…… 나랑 자기 전까지 여성과 경험이 없었던 모양이야. 그래서 뭐랄까…… 나와의 행위에 아주 몰두했어. 여자라곤 나밖에 모르니 쓸데없이 푹 빠진 거겠지."

푹 빠졌었다.

나를 미화하고, 신격화하고, 극찬해 주었다.

"아마 뭔가 착각한 걸 거야. 성욕과 연심을 헷갈린 게 아닐까? 그게 아니고서야…… 열 살 가까이 많은 아줌마를 진심으로 좋아할 리 없으니까."

그렇다.

분명 그럴 것이다.

쉽게 안을 수 있는 여자였으니 놓고 싶지 않았을 뿐.

"본인은 진심이었을지도 모르지만…… 그런 건 대개 일회성 감정이야. 그 순간엔 불타오르지만…… 시간이 지나면 마음이 식고, 다른 상대에게 마음이 가기도 하지. 사랑이나 애정이 영원히 이어진다면— 누가 이혼하겠어."

한동안 시간을 두면 어차피 나 따위는 금세 잊을 것이다.

인간의 감정은 오래 지속되지 않는 법이니까.

이혼 경험이 있는 나는 그것을 잘 알고 있다.

"이걸로 됐어. 그 사람을 위해서도 헤어질 거면 빨리 헤어지는 게 나았으니까."

"…………."

"정리하자면…… 선을 지키는 관계였는데 어느 날 그 사람이 진지하게 고백하기에 끝내기로 했을 뿐이야. 그뿐인 관계. 어때? 환멸스럽지?"

환멸스러운 모양이다.

경멸하는 모양이다.

이렇게 최악인 여자는 모멸당해 마땅하니까.

"저기…… 뭐라고 말하면 좋을지."

카노마타 씨는 곤란한 듯 입을 열었다. 당연하다. 이렇게 최악이고 추한 이야기를 들었으니 곤혹스러운 게 당연—할 줄 알았는데.

이어서 나온 말은 뜻밖이었다.

"그래서— 솔직한 이야기는요?"

"뭐?"

"아뇨, 그…… '솔직하게 이야기해 주겠다'고 말씀하신 것치고는 전혀 솔직한 이야기가 안 나온 것 같아서요."

"……무슨 소리야? 나는 제대로."

"하지만 전부— 상대는 이렇게 생각할 것 같다는 추측이 잖아요."

카노마타 씨는 말했다.

"'사네자와는 이렇게 생각할 것이다', '사네자와와의 감정은 이런 메커니즘이었을 것이다'라는 예상과 결론…… 아니면 소망인가요? 그것뿐이라…… 전혀 진심이 안 보여요."

"…………."

그 말을 듣고— 처음으로 깨달았다.

진심을 말할 생각이었는데…… 입에서 나온 것은 상대

의 감정을 아는 척한 추측뿐.

스스로는 진심을 말했다고 생각했는데 결국 진심은 전혀 말하지 않았다. 어라? 왜지? 그럼 내 진심은 어디에―.

"저는 과장님의 진심이 듣고 싶어요."

카노마타 씨가 말했다.

"사네자와를 어떻게 생각하시나요?"

어떻게 생각하냐고?

내가 그 사람을 진심으로 어떻게 생각하느냐고?

그야, 그야―.

"…………."

"앗. 역시 됐어요. 알았어요."

내가 아무 말도 하지 못하자 카노마타 씨는 쓴웃음 지었다.

난 몰라. 잠깐 기다려. 이게 뭐야? 창피해.

얼굴에서 불이 날 것 같았다.

"아까 '환멸스럽지?'라고 물어보셨잖아요? 솔직히 환멸스러워요."

카노마타 씨는 말했다.

기분 좋은 미소로 신랄하게.

"저는 과장님을 이상적인 상사라고 생각하며 존경하는 부분이 있었거든요. 일도 잘하시고, 윗선의 아저씨들에게도 속 시원하게 하고 싶은 말씀을 하시죠. 정말 멋있다고 생각했어요. 하지만 설마…… 연애에서 이렇게 구린 면모

121

를 보이실 줄이야.”

“……윽.”

“엄청 환멸스러워요. 하지만— 엄청 좋아졌어요.”

조용히 미소 지으며 말한 카노마타 씨는 유리잔을 들었다.

“좋아요. 오늘은 코가 삐뚤어지게 마셔 봐요!”

“……나 그렇게까지 술이 세지 않은데.”

“괜찮아요! 혼자서도 잘 노는 타입이거든요.”

“그건 그쪽만 즐거운 거 아닌가…….”

트집을 잡고 싶어졌지만 기세에 압도되어 유리잔을 들었다.

건배하는 소리가 경쾌하게 울려 퍼지자 마음이 조금 가벼워진 것 같았다.

“……그런데 과장님.”

기분 좋은 미소에서 돌변해 진지한 얼굴로 물었다.

하지만 그 눈동자에는 상스러운 기색이 감돌았다.

“섹파가 되어서 몇 번이나 잤다는 건…… 사네자와, 그쪽으로 꽤 굉장한가요?”

“…………비밀이야.”

선술집을 나선 것은 밤 9시경이었다.

카노마타 씨는 2차를 가고 싶은 모양이었지만…… 거하게 취했기에 억지로 택시에 밀어 넣어 집으로 보냈다.

……정말로 혼자 마시고 혼자 잘 놀더라.

요즘 젊은이는 대단하다……. 아니, 나이가 아니라 인간성 문제인가?

딱히— 싫었던 건 아니다.

꽤 오랜만에 누군가와 대화를 나눈 것 같았다.

페어링이 끝난 뒤로 계속 표면적인 대화밖에 하지 않았던 것 같으니까. 사네자와와도, 다른 사람과도, 제대로 대화하지 않았다. 누구와 이야기할 때든 두꺼운 가면을 쓴 것 같은 느낌이었다.

속을 다 보여준 건 아니지만, 내용과 의미를 동반하는 말을 뱉고 감정을 나눈 듯한 기분이 들었다.

"…………."

나도 택시를 타고 귀가했다.

창밖을 스쳐 지나는 밤의 불빛을 멍하니 바라보자— 헤어질 때 가게 밖에서 했던 대화가 저절로 떠올랐다.

『잘 먹었습니다. 죄송해요. 제가 불러 놓고 얻어먹어서.』

『한 곳 더 갈까요? 네? 아니요, 안 취했어요. 전혀 안 취했어요. 지금부터가 진짜예요.』

그런 그녀를 설득해 택시를 기다리는데,

『……과장님.』

그녀는 빨간 얼굴과 조금 고요한 톤으로 말을 꺼냈다.

『오늘 이 일로…… 어쩌면 제가 그 사람에게 미련이 있다고 생각하실지도 모르지만— 사실 훌훌 털어버렸어요.』

『지금은 같은 과에서 일하는 동료로 즐겁게 지내고 있어요.』

『그건 아마 진심으로 마주했기 때문이겠죠?』

『사네자와는 괜히 허세 부리지 않고, 애매하게 굴지 않고, 유치하리만큼 진심으로 차 줬어요. 그래서 속이 후련해요. 극복하고 내 갈 길을 갈 수 있어요.』

『……아앗, 딱히 설교하려는 건 아니에요.』

『두 사람의 사정에 참견하고 싶은 건 아니에요. 사귀든 말든 그건 과장님 마음이죠.』

『다만― 찰 거면 차되 진심으로 찼으면 할 뿐이에요.』

『'당신을 위해' 따위의 태도로 차인다면 분명 평생 앞을 똑바로 볼 수 없을 거예요.』

한심했다.

열 살 가까이 어린 부하에게 별말을 다 듣고도 아무 말도 할 수 없었다.

아무래도 나라는 인간은 내가 생각했던 것보다 훨씬 연애에 서툴렀는지도 모르겠다. 그 나름대로 인생 경험은 있는 편이라고 생각했는데, 사랑이니 애정에 대해서는 아무것도 모른다.

차는 법 따위는 아무것도 모른다.

오히려 사귀는 법은 좀 더―.

"……응?"

택시에서 내리자마자 알아챘다.

집 앞.

현관 기둥 옆에— 선 남자가 있었다.

나를 알아챈 남자는 가볍게 눈인사를 했다.

"사네자와……?!"

놀라고 당황했다. 하지만 눈이 마주쳤으니 여기서 발을 멈출 수도 없었다. 천천히 다가갔다.

"저기…… 안녕하세요."

"여기서 뭐 해……? 혹시…… 날 기다렸어?"

"……맞아요."

"미안해. 오늘은…… 그게, 지인이랑 한잔하느라."

"아니에요. 괜찮아요. 제가 멋대로 기다린 거니까요. 이 걸 드리려고요."

사네자와는 손에 들고 있던 쇼핑백을 내밀었다.

"저희 고향 기념품이에요. 어제랑 오늘 본가에 내려갔다 가 방금 왔는데…… 집에 들어가기 전에 모노우 씨께 드리 면 좋을 것 같아서요."

받아 든 쇼핑백을 엿보자 안에는 치바의 유명한 과자가 들어 있었다. 그러고 보니 사네자와네 본가는 치바 외곽이 라고 했던가?

"이걸 내게?"

"네."

"어, 어째서?"

"이유를 물으시면 말씀드리기 대단히 어려운데요……."

"……응? 응? 일부러 이걸 주려고 온 거야? 단지 그것 때문에 여기서 기다렸어?"

"…………네."

의문을 연발하자 사네자와는 점점 곤란한 표정을 지었다.

"……죄송합니다. 갑자기 와서 민폐였죠? 저, 정말로 깊은 뜻은 없어요. 그냥 이걸 드리고 싶었달까요……. 이거라도 없으면 만나러 오지 못했겠죠……. 아앗, 아니에요. 그래서야 기념품을 구실로 만나러 온 것 같지만…… 그런 건……."

필사적으로 변명했지만, 점점 목소리는 작아졌다.

이윽고 부끄러운 듯,

"……죄송합니다. 그만 갈게요. 정말 깊은 뜻은 없어요."

라며 떠나려 했다.

"잠깐만!"

나는 반사적으로 불러 세웠다.

왜 그랬는지는 나도 모르겠다.

갑작스러운 방문에 난감한 건지, 기쁜 건지.

나도 내 감정을 모르겠다.

취기가 남았기 때문인지 머리가 전혀 돌아가지 않았다.

다만, 생각도 감정도 다 정리되기 전에 입이 멋대로 말을 뱉었다.

"이왕 왔으니…… 들어갔다 갈래?"

설마— 집에 들여보내 줄 줄은 몰랐다.

과자만 주고 갈 생각이었다.

그 정도의 교류가 간신히 허용되는 범위라고 생각했다.

……뭐, 약속도 없이 온 시점에 상당한 실례를 범했다는 자각은 있지만, 만에 하나 거부당할 거라 생각하면 무서워서 연락할 수 없었다. 그래서 용기 내 '고향에서 올라오는 길에 들렀다'는 느낌을 내려고 했지만— 과연 어디까지 통했을까?

"……미안해. 지금 커피가 떨어져서. 우유 괜찮아?"

"아아, 네. 다 좋아요……."

주방에서 작업하는 모노우 씨를 거실 의자에 앉아 기다렸다.

이 집에 오는 것도 꽤 오랜만이었다.

두 번 다시 들어올 일은 없을 줄 알았다.

몇 달 전까지는 빈번히 드나들었고, 이미 '내 집 같은 남의 집' 상태였지만, 지금은 함께 주방에 서면 안 될 것이다.

손님으로서의 절도를 지켜야 한다.

이윽고 우유가 든 컵과 내가 사 온 치바의 명과가 테이블에 놓였다.

모노우 씨도 앉아 테이블을 사이에 두고 그녀와 마주했다.

몇 초간 탐색하는 듯한 침묵이 있은 뒤,

"본가는 어땠어?"

모노우 씨가 잡담처럼 말을 꺼냈다.

"본가는…… 글쎄요. 오랜만에 형 얼굴을 봤어요."

"형…… 축구 선수라던?"

"결혼 소식을 알리러 온 모양이더라고요."

"그렇구나. 축하할 일이네."

"아, 하지만 이건 꼭 비밀로 해 주세요. 미디어에서 정식 발표가 있을 때까지는 아무한테도 말하지 말라고 했거든요."

"……그럼 나한테도 말하지 말았어야 하는 거 아니야?"

"그, 그러게요…… 아하하."

잡담이 끊어지며 다시 침묵이 찾아왔다.

하고 싶은 말은 많은데, 전하고 싶은 마음은 많은데, 뭘 어떻게 하면 좋을지 모르겠다.

대화의 실마리를 찾아 방을 둘러보자— 낯익은 방에서 낯선 존재를 발견했다.

"모노우 씨, 저건 혹시…… 레오파드인가요?"

방구석에 놓인 투명한 케이지.

그 안에는 선명한 노란색 몸에 검은 반점이 박힌 도마뱀이 있었다. 틀림없다. 파충류 반려동물의 정석인 레오파드 게코다.

"키우기 시작하셨군요?"

"응, 최근에. 친구에게 부탁해서 한 마리 분양받았어."

"가까이에서 봐도 될까요?"

"그래."

자리에서 일어나 케이지를 보러 갔다.

"굉장하네요. 이게 레오파드……. 생각보다 크고 박력 있어요……."

"나도 깜짝 놀랐어. 막상 키워 보니 의외로 크더라."

"그러고 보니…… 먹이 문제는 어떻게 하셨어요? 살아 있는 먹이가 난관이라 못 키운다고 하지 않으셨나요?"

"……지금으로서는 최대한 인공 먹이로 해결할 생각이 야. 어쩔 수 없을 때가 오면 각오하고 식용 귀뚜라미를 사 러 가야지."

"그렇군요……. 그나저나 정말 귀엽네요."

"응, 정말 귀여워. 넉살 좋은 느낌이 좋아."

"꼬리도 포동포동해요."

"그래, 이 꼬리가 좋다니까. 토실토실 포동포동한 게 미 치겠어."

레오파드 덕에 대화가 무르익어 어색한 분위기가 서서 히 해소되었다. 모노우 씨도 그렇게 느꼈으리라―. 그래서 그녀는 여기서 치명적인 실수를 범하고 말았다.

"먹이를 먹는 모습도 정말 귀여워! 내가 핀셋으로 주면 잠시 날름날름한 뒤 덥석 먹는데…… 그래, 동영상도 찍었 으니 볼래? 어제 하루히코 먹성이 엄청 좋아서―."

"……하루히코?"

"아."

나도 모르게 지적하자 모노우 씨는 딱딱하게 경직되었다.
반려동물 이야기에 흥분했던 표정이 일순 얼어붙었다.

"저기, 하루히코라는 건……?"

"…………."

"혹시…… 이 레오파드 이름인가요?"

"…………."

"우, 우와…… 하루히코, 구나……. 아하하……."

"…………."

얼어붙은 얼굴이 서서히 새빨갛게 물들었다.

뭔가 하고 싶은 말이 있는 듯 입술이 떨렸지만, 아무 말
도 나오지 않았다.

엄청난 수치심을 필사적으로 견디는 형상이었다.

"뭐, 그래요. 그야 뭐, 흔한 이름이지요……. 그렇게 특
이한 이름도 아닌걸요……. 가능한 우연이에요."

침묵하는 모노우 씨를 대신해 열심히 수습해 봤지만, 나
도 멀쩡한 정신 상태는 아니었다. 형언할 수 없는 감정이
솟구쳤고, 고동이 믿을 수 없을 정도로 가속했다.

하루히코.

하루히코.

두말할 나위 없이— 내 이름이다.

이게…… 어떻게 된 일일까?

작년에 우리 관계가 끝나고 모노우 씨는 반려동물을 키
우기 시작했다—. 그 이름이 내 이름이라니.

내 이름을 붙인 반려동물을 현재 진행형으로 예뻐하고
있다니.

그 행동은 뭐지?

그 무브는 뭐냐고?

그건 마치, 마치—.

"……사네자와."

내내 침묵하던 모노우 씨가 모든 것을 포기한 듯 입을
열었다.

"올해 이동하게 됐지만 같은 영업부고, 당신은 아직 내
부하라고 말할 수 있잖아?"

"네, 네에……."

"그럼 상사로서 명령인데…… 최근 며칠 동안의 기억을
잃을 정도로 머리를 후려쳐도 될까?"

"그건 갑질 수준을 넘어 상해 사건이에요……."

"……그럼 잊어 버려. 제발 다 잊어 버려. 제발 싹 다 없
던 일로 해 줘……!"

모노우 씨는 얼굴을 양손으로 가린 채 그 자리에서 무릎
을 꿇었다.

치욕이 한계를 초월한 모습이었다.

당장이라도 창문으로 뛰어내릴 듯 좌절했다.

"지, 진정하세요……. 괜찮아요. 다 잊고 없던 일로—."

절망한 모습을 보고 있을 수 없어서 황급히 달래려 했지
만— 말하다 말고 위화감을 느꼈다.

"없던, 일로……."

"……사네자와?"

의아한 듯 얼굴을 든 모노우 씨에게,

"─역시 싫어요."

나는 말했다.

"잊지 않을래요. 못 잊어요. 이렇게 강렬한 기억을 잊는 건 도저히 불가능해요."

"응? 응?"

"모노우 씨가 우리의 관계를 해소한 뒤에 키우기 시작한 반려동물에게 제 이름을 붙이고 예뻐해 주다니…… 절대로 잊지 않아요."

"……윽."

"뭐 하시는 거예요? 왜 그렇게 알 수 없는 행동을 하시는 거죠? 제가 어떻게 해석해야 하는데요? 이해가 안 돼요……!"

멈출 수 없었다.

한 번 토해낸 격정은 봇물 터진 듯 흘러나왔다.

"다른 일도 못 잊어요. 모두 다…… 너무 강렬해요."

"사네자와……."

"왜냐하면 저는─ 첫 경험이고, 첫 섹스고, 질내 사정을 했다고요?!"

"─윽?! 자, 잠깐, 사네자와……."

"처음부터 무작정 콘돔도 없이, 그 뒤로도 쭉……. 그보다 저, 냉정하게 생각하면 한 번도 콘돔을 쓴 적이 없어요! 전부 노콘! 전부 질내 사정! 왜 이렇게 말도 안 되는 남자가 된 거죠?! 다 모노우 씨 때문이에요! 모노우 씨가 어른의 색향으로 제 순정을 갖고 놀았기 때문이라고요!"

"모, 목소리가 커! 지, 진정해."

"섹스뿐만이 아니에요. 모노우 씨, 그 외에도 꽤 엉망진창이에요. 일만 대단하지 사생활은 상당히 글러먹었다고요……."

"그럴 수가……."

"골드 면허면서 제대로 운전도 못 하고, 인형 뽑기 게임도 형편없고, 요리는 전혀 못 하면서 '하면 잘한다'는 느낌을 마구 풍기고, 헬스장에 다닌다고 어필하는 것에 비해 거의 다니지 않아서 운동 부족이고……."

"우, 운동 부족은 지금 이 상황과 관계없잖아! 헬스장은…… 그게, 저기…… 한 달에 한 번, 아니, 석 달에 한 번 정도는 가는 둥 마는 둥……."

"숨기려는 건지도 모르지만…… 섹스했을 때 가끔 허리를 문지르는 거, 저 알아챘어요. 조금 무리한 체위를 하면 근육통이 2, 3일 지속되는 것도요. 운동 부족인 사람의 전형적인 특징이 훤히 보인다고요."

"~~~~윽!"

"정말 뭐예요……? 영문을 모르겠어요……."

나는 말했다.

"회사에서는 '여제'라고 불리며 공포를 사고, 일 잘하는 커리어 우먼처럼 행동하지만…… 진짜 모노우 씨는 전혀 그렇게 무서운 사람이 아니었어요. 전혀 완벽한 사람이 아니었어요. 의외로 허술한 구석이 많고…… 그걸 남에게 보여주지 않으려고 허세를 부리지만, 잘 숨겨지지 않고……. 전에는 상사로서 존경했지만…… 페어링 관계가 시작되고 몰랐던 모노우 씨의 일면을 점점 알게 돼서 멋진 모습뿐만 아니라 귀여운 모습을 많이 알았고—."

나는 말했다.

당장이라고 쏟아질 것 같은 눈물을 필사적으로 참으며.

"—점점, 좋아졌어요."

"……윽."

"잊는 건, 불가능해요……. 없던 일로 할 수는 없고, 그러고 싶지도 않아요. 왜냐하면 전…… 모노우 씨와 함께 있을 때 정말로 즐겁고 행복했으니까요. 그걸…… 다 없던 일로 하다니……."

"사네자와……."

내 말은 끊어졌다.

계속 주먹을 꽉 쥐고 있다는 걸 깨닫고 조금 힘을 풀었다.

"미안해. 이기적인 소리만 해서……."

"……아니에요."

모노우 씨는 작게 고개를 저었다.

"고마워. 진심을 말해 줘서."

“………….”

깜짝 놀랐다. 내가 생각해도 너무 감정적이었다. 무례한 소리를 해댔다. 그런데 설마 감사의 말을 들을 줄이야.

“그래…… 없던 일로 할 수는 없지.”

혼잣말처럼 이야기한 뒤 모노우 씨는 나를 보았다.

“사네자와, 모레 하루 시간 좀 내 줄래?”

똑바로— 나를 바라보았다.

“나도 진심으로 마주할 테니까.”

제8장 모노우 유이코와 사네자와 하루히코

전철과 버스를 갈아타며 도착한 곳은 도쿄 교외에 있는 주택가였다.

조금 고풍스러운 거리 사이에 나무와 산들의 녹음이 쏟아졌다.

시골과 도시가 공존하는 듯한 곳이었다.

"일단 이 부근이 내 고향이라고 보면 될 거야."

버스에서 내린 뒤 도롯가의 길을 걸으며 모노우 씨가 말했다.

나는 그녀의 뒤를 따랐다.

"하지만 별로 애착은 없어. 애향심 같은 걸 갖는 타입도 아니니까……. 수년 전에 본가도 처분했거든."

어딘가 쓸쓸하게 말하며 걸어갔다.

버스 정류장에서 5분 거리의 목적지에 도착했다.

하얀 장방형 건물이었다.

최근에 지어졌는지 외벽과 주위의 펜스 등이 새것이어서 고풍스러운 거리에서 조금 겉돌았다.

병원이나 클리닉 같은 인상인데— 이곳은 이른바 그룹홈.

치매 환자가 공동생활을 하는 요양원인 모양이다.

자동문을 지나 시설 안으로 들어간 뒤 일단 손 소독을 했다.

인포메이션 데스크에서 절차를 마치고 슬리퍼로 갈아신

었다.

그러자 여성 스태프가 다가왔다.

"모노우 씨, 오랜만에 뵙네요."

"늘 감사해요."

"어서 들어가요. 유우코 씨, 오늘은 컨디션이 좋아 보여요."

스태프의 안내에 따라 우리는 2층에 있는 면회실로 들어갔다.

긴 테이블과 의자만 있는 간소한 방.

한동안 기다리자―.

드륵, 하고 문이 열렸다.

아까 그 스태프가 휠체어를 밀며 들어왔다.

휠체어에 앉은 사람은― 아담한 노인이었다.

머리카락은 새하얗고, 얼굴에는 깊은 주름이 새겨져 있었다. 갈아입기 편하려는 목적인지 헐렁한 옷을 입고 있었다. 텅 빈 눈으로 어딘가를 멍하니 바라보는 것 같았다.

나이는 80대…… 아니, 어쩌면 90이 넘었을지도 모르겠다.

30대인 모노우 씨의 어머니라기에는 너무 고령인 여성―.

스태프가 나가자 모노우 씨는 휠체어로 다가갔다.

그 자리에 웅크려 앉아 노인과 눈높이를 맞추었다.

"엄마. 오랜만이네. 유이코야."

또박또박.

한 음, 한 음 똑바로 발음하듯 모노우 씨는 말했다.

그러자 멍하니 어딘가를 바라보면 여성이 목을 움직여 모노우 씨에게 눈을 맞추었다.

"……아아, 유이코…… 유이코구나. 오랜만이다."

여성은 그렇게 말하더니 기쁜 듯 얼굴을 잔뜩 구기며 미소 지었다.

"잘 지냈어?"

"그래. 잘 지냈어. 엄마는 어땠어?"

"응, 괜찮아. 유이코, 회사는 잘 다니고?"

"잘 다니지."

"그래? 일을 잘하고 있구나."

매끄러운 것도 같고, 겉도는 것도 같은 신기한 대화였다.

그녀가— 모노우 유우코.

모노우 씨의 어머니이자— 할머니이기도 한 여성.

떠올렸다.

여기까지 오는 길에 버스 안에서 들은 설명을 떠올렸다.

"……무슨 얘기부터 하면 좋을까?"

우리 말고는 아무도 타지 않은 버스 안.

창밖의 풍경을 바라보며 모노우 씨는 입을 열었다.

"우리 엄마…… 사실 족보를 따지자면 할머니야."

"할머니요……?"

"진짜 엄마는— 나를 낳자마자 돌아가셨대."

남 일처럼 말했다.

아니, 어떤 의미로는 남 일이나 다름없나?

그녀가 아직 갓난아기였을 때의 이야기니까.

"엄마가 아이를 남기고 죽자 아빠는 나를 두고 바로 도망쳤대. 그래서 할머니가 나를 거둬서 키우게 되었지. 할아버지도 돌아가셨으니…… 할머니는 혼자서 나를 키우셨어. 내 엄마가…… 되어 주셨어."

모노우 씨의 어머니는— 족보상 할머니인 여성이었다.

단 둘뿐인 가족.

"힘드셨을 거야……. 내가 태어났을 때, 이미 할머니는 거의 예순이셨으니까. 그 나이 여성이 갓난아기를 혼자서 키우다니. 체력이 있는 20대 엄마들도 노이로제에 걸리는데…… 아무에게도 기대지 않고 혼자서……. 하지만 엄마는 불평 한마디 하지 않고 나를 키워 주셨어. 누가 뭐래도 내 엄마가 되어 주셨어."

"…………."

"초등학교 참관 수업 때도 와 줬지만…… 역시 다른 엄마들과는 나이가 다르잖아? 그래서 친구들이 놀리기도 했어……. 그래서 엄마는 집에 돌아온 뒤에 '이런 할머니라 미안하구나'라며 멋쩍게 사과했지만…… 나는 전혀 신경 쓰지 않았어. 사과하지 않길 바랐어. 내게는…… 사랑하는 엄마였으니까."

목소리에는 다 표현할 수 없는 감정이 담겨 있었다.

다양한 기억과 추억이 있을 것이다.

할머니와 손녀로서, 엄마와 딸로서.

단둘뿐인 가족이 함께 살아온 역사가—.

"뭐, 나이 때문인 이유도 있어서인지…… 결혼관만은 정말 고루했지. '결혼해서 아이를 키우는 것이 여자의 행복'이라는 건 양보할 수 없는 모양이라, 내 결혼 상대도 열심히 찾아 줬어."

전에 들은 이야기였다.

모노우 씨의 결혼에는 어머니가 상당히 열정적으로 움직였던 모양이다.

"그리고…… 아이만은 빨리 낳으라고 입버릇처럼 말했어. 아마…… 출산으로 당신 딸을 잃었기 때문이겠지. 엄마는 고령 출산 축에 속했던 모양이거든."

"…………."

"나중에 듣기로는, 엄마가 출산 때문에 목숨을 잃은 건 나이랑 별로 관계가 없었던 모양이지만. 그렇지만 엄마는 그렇게 생각하지 않았나 봐. 그래서 과할 정도로 내게 결혼과 출산을 부추겼어."

당연하다면 당연한 소리일 것이다.

친딸을 잃었으니— 필요 이상으로 예민하더라도 전혀 이상하지 않다. 손녀까지 똑같은 비극에 처하게 할 수 없다는 생각은 가족으로서 당연하다.

"……지금 생각해 보면 자기 나이도 마음에 걸렸나 봐.

자기가 죽기 전에 딸을 시집보내고 싶다고 생각했을지도 몰라."

그리고 엄마의 협력도 있어— 모노우 씨는 결혼했다.

"정말 좋아했어. 마치— 자기 역할은 다 끝난 것처럼. 나도 기뻤어. 최고의 효도를 한 것 같았지."

하지만.

결혼 생활은— 오래 지속되지 않았다.

성격과 가치관이 달랐기에 모노우 씨는 이혼을 결심했다.

"전에도 말했다시피 이혼한 뒤에 엄마는 크게 침울해했어. 자기 때문에 딸이 힘들어졌다며 우울해했지……. 그리고…… 그 직후였어. 엄마가— 치매 진단을 받았어."

치매.

그것은…… 나이를 고려하면 어쩔 수 없는 일일 것이다.

하지만 모노우 씨는 그렇게 생각하지 않는 모양이었다.

괴롭고 힘든 목소리는 마치 모든 것이 제 탓이라고 느끼는 듯—.

혼자 살던 유우코 씨는 즉시 요양원에 들어가기로 한 모양이었다.

"……응?"

휠체어에 앉은 유우코 씨가 내 쪽을 보았다.

방금 내 존재를 알아챈 모양이다.

나는 황급히 인사했다.

"당신은……."

"그게……."

내가 머뭇거리자 유우코 씨가 입을 열었다.

주름투성이인 얼굴을 환하게 빛내며.

"타카후미!"

그녀는 말했다.

내 얼굴을 보고 정말로 기쁜 듯이.

"그랬구나. 타카후미도 왔구나. 기뻐라."

유우코 씨가 휠체어에서 일어나려 했기에 나는 황급히 달려갔다. 모노우 씨와 마찬가지로 웅크려 앉아 시선을 맞추었다.

"일은 어때? 타카후미는 세무서의 높은 사람이잖아. 매일 고생이 많지?"

"……아, 네, 그렇죠, 뭐. 하지만 열심히 하고 있어요……."

어떻게든 말을 쥐어 짜내자 유우코 씨는 기쁜 듯 고개를 끄덕였다.

그리고 모노우 씨 쪽을 보았다.

"유이코, 내조는 잘하고 있니? 네 일도 중요하지만, 그것만 신경 쓰면 안 돼. 부부는 사이좋게 지내야지."

"알아."

"정말 괜찮은 거야? 너는 예전부터 기가 셌잖니. 타카후미랑 싸울까 봐 내가 얼마나 걱정을 하는지."

"괜찮아. 아무 걱정도 하지 마. 다 잘하고 있으니까."

웃으며 대화하는 두 사람.

나는 어떻게 하면 좋을지 몰랐다.

『사네자와, 이건 부탁인데.』

버스 안에서 들은 설명이 다시 뇌리를 스쳤다.

『엄마랑 대화할 때는 무슨 소리를 듣든 부정하지 말아줘. 적당히 고개를 끄덕이면 돼. 어차피…… 부정해도 소용없으니까.』

슬프면서도 각오를 다진 말투였다.

『엄마는…… 이제 거의 사람 얼굴을 기억 못 해. 얼굴을 보고 누구인지 인식할 수 있는 건 딸인 나 정도야……. 그리고 어찌 된 일인지, 나랑 같이 있는 남자는 누가 됐든─ 전 남편이라고 인식하게 됐어. 누굴 봐도 '타카후미'라고 해.』

타카후미.

그것은─ 모노우 씨 전 남편의 이름인 모양이다.

『나랑 같이 있으면 남자는 의사든 스태프든 '타카후미, 타카후미' 타령이야. 내가 이혼한 걸 기억 못 해.』

이혼을 기억하지 못한다.

즉─ 유우코 씨에게 모노우 씨는 아직 기혼 상태인 것이다.

『결혼 상대 얼굴은 기억하지 못하는데 결혼한 사실만은 똑똑히 기억해. 머리 회로가 마구 뒤엉켰나 봐……. 의사 선생님 말씀으로는 '딸의 결혼이 대단히 기뻤던 모양'이래.』

이혼은 잊고 결혼만 기억한다.

괴롭고 슬픈 사실을 잊고 행복한 기억만 남아 있다.

어떤 의미로는― 행복한 일일까?

그녀는 지금 행복 속에 있을까?

『처음에는 열심히 부정해 봤지만…… 소용없었어. 이혼했다고 수도 없이 설명해도 몇 분만 지나도 잊어버리지. 치매는 그런 병이라나 봐. 억지로 부정해도 소용없고, 서로 힘들기만 하대.』

그것은 과연― 어떤 기분일까?

모노우 씨는 한계에 달해 이혼했다.

참으려 해도 참을 수 없어서, 견딜 수 없어서 이혼했다.

하지만, 그런데.

사랑하는 엄마의 마음속에서는 딸이 결혼한 시점에 시간이 멈췄다.

지금도 현재 진행형으로 결혼을 기뻐하고 있다.

엄마와 딸.

양쪽의 톱니바퀴가 영원히 맞물리지 않고 계속 헛도는 것 같다.

너무나도 슬프고 허망한―.

"―참, 유이코."

내가 아무 말도 하지 못하자 유우코 씨가 뭔가 떠오른 듯 말했다.

"아이는 아직 안 생겼니?"

"……아직 안 생겼어."

"그래? 이것만은 하늘이 점지해 주시는 거니까."

하지만 말이다. 유우코 씨는 말을 이었다.

온화하면서도 타이르는 듯한 말투로.

"아이는 빨리 낳는 게 좋아. 늦게 낳아서 좋을 건 하나도 없단다. 유카코도…… 네 엄마도…… 더 빨리 결혼해서, 더 젊을 때 너를 낳았으면 분명 죽지 않았을 테니까……."

"…………."

"유이코. 얼른 아이를 낳으렴. 이대로 출산이 늦어져서…… 너까지 죽으면 나는 더 이상…… 못 견딘단다."

"……알아. 나도 알아."

조용히 고개를 끄덕이는 유이코 씨.

필사적으로 평정을 가장했지만, 그 얼굴은 눈물을 참는 것처럼 보였다.

유우코 씨는 내 쪽을 보았다.

"타카후미도 잘 부탁해."

"아…… 네. 네에. 노력하겠습니다."

반사적으로 고개를 끄덕이자 유우코 씨는 양손을 천천히 앞으로 내밀었다.

야위고 쭈글쭈글한 손으로 내 손을 감싸듯 쥐었다.

"……타카후미, 고마워."

깊게 머리 숙여 감사의 말을 전했다.

"고맙네, 고마워……. 유이코와 결혼해 줘서, 정말 고마워."

손을 잡은 힘은 약했지만, 강한 감정이 전해졌다.

"예순쯤에 이 아이를 키우게 돼서…… 유이코가 결혼할 때까지 건강하게 살아 있기는 어려울 수도 있어서…… 이 아이를 혼자 남기고 죽으면 안 된다고 늘 생각했지……."

기도하듯, 애원하듯.

오열 섞어 내뱉는 깊고 깊은 감사의 말.

내게 향한 말이 아니라― 전 남편을 향한 말.

기억 속에 있는 딸의 파트너에게 하는 감사.

그 남자는 이제 딸의 옆에 없는데.

각자의 길을 걷고 있는데.

하지만 이 사람의 마음에는 지금도 두 사람은 결혼한 상태다.

행복한 부부 생활을 하고 있다고 진심으로 믿는다.

얼마나― 얼마나 기뻤을까?

얼마나 안심했을까?

친딸을 일찌감치 보내고 그녀가 남긴 손녀를 딸로 키운 한 여성. 늙은 몸에 채찍질을 해가며 갓난아기를 훌륭하게 키웠다. 나이가 나이인 만큼 딸을 혼자 남기고 갈 가능성이 있어 공포를 안고 있었다.

그런 여성에게 딸의 결혼은 얼마나 큰 행복이었을까?

인생의 모든 것을 완수한 듯한, 모든 결단이 보상을 받은 듯한, 엄청난 행복이었을지도 모른다.

그리고.

딸의 이혼은 얼마나 큰 충격과 죄책감을 주었을까?

"이제 드디어 안심할 수 있겠구나……! 이제 여한이 없어……. 고마워, 타카후미. 앞으로도 딸애를 잘 부탁해……!"

"……알겠습니다."

연약하게 잡은 그 손을 부드럽게 쥐었다.

나를 보는 눈을— 내가 아니라 다른 남자를 바라보는 눈을 정면으로 쳐다보았다.

"안심하세요. 유이코 씨는 제가 꼭 지키겠습니다. 평생 곁에 있겠습니다."

나는 말했다.

유우코 씨는 다시 깊게 고개를 숙이고 "고마워, 고맙습니다……"라며 기도하듯 말을 이었다.

"귀찮은 일에 끌어들여서 미안해."

요양원을 뒤로하며.

인적 없는 버스 정류장에서 기다리는 동안 모노우 씨는 말했다.

"엄마는 늘 그래. 내 얼굴만 보면 결혼한 걸 기뻐하고, 다음엔 아이 이야기도 하고……. 남자만 보면 전 남편으로 착각해서 '고마워, 고마워'라며 수도 없이 인사를 하고……. 그리고 다 잊어버려."

헤어지던 순간의 유우코 씨를 떠올렸다.

면회 시간이 끝나 스태프가 방으로 들어왔다.

그리고 우리가 돌아갈 준비를 마치고 작별 인사를 하려던 때, 유우코 씨는 "……유이코. 언제 왔니?"라고 말했다.

마치— 면회 시간에 나누었던 대화가 전부 없었던 일인 것처럼.

아니.

'없었던 일인 것처럼'이 아니라 그녀의 마음에는 존재하지 않았을 것이다. 내가 한 말도, 무엇 하나 기억 속에 정착하지 않을 것이다.

"엄마가 점점 더 나빠지는 것 같아. 치매라는 게 나빠지기는 해도 좋아지는 일은 없으니 당연한 얘기지만. 나도 언제까지 기억해 줄지."

버스 정류장의 의자에 앉아 자조적으로 말했다.

어쩐지 차가운 태도였다.

다양한 고뇌와 갈등을 뛰어넘어 체념하고 득도한 듯한.

"……모노우 씨가 아이를 원한 이유는."

결혼도 연애도 하지 않고.

그저 아이만 원한 이유.

그것은—.

"응. 엄마 때문이야."

모노우 씨는 말했다.

조금도 얼버무리지 않고 분명하게.

내게 말하기로 처음부터 결심한 듯이.

"마지막으로 효도할 생각이었어. 내 얼굴을 잊기 전에

아이를 안겨주고 싶었어. 왜냐하면······ 그것 말고는 지금의 엄마에게 해 줄 수 있는 게 떠오르지 않았으니까."

"············."

"자꾸만 생각하게 돼······. 만약 내가 이혼하지 않았다면······ 지금도 결혼한 상태고 아이도 있어서 엄마와 만나곤 했다면······ 치매에 걸리지 않았을지도 모른다고."

치매의 원인.

그것은 현대 의학으로도 정확히는 밝힐 수 없을 것이다. 여든이 넘었다면 언제 누가 치매에 걸린대도 이상하지 않다.

하지만 모노우 씨는 자신의 이혼이 원인일지도 모른다고 생각하고 있다.

극심한 죄책감을 느끼고 있다.

"만약 이대로······ 엄마가 나도, 자기 자신도 잊어버린다면— 엄마가 엄마가 아니게 된다면······ 난, 아무런 보답도 하지 못했어. 지금껏 키워 준 단 하나뿐인 가족에게······ 아무런 효도도 하지 못한 채 끝나고 말아······."

본래 모노우 씨는 어머니의 권유로 결혼한 거라고 들었다.

그녀에게는 일종의 효도 같은 느낌이었을지도 모른다.

하지만— 그 결혼은 잘되지 않았다.

이혼 자체에 후회는 없지만, 어머니를 속상하게 한 것만은 슬프다고 말했다.

그러니까 지금.

최소한 아이만은 보여주고 싶다.

그것은 이미 효도라기보다 참회나 속죄에 가까운 감정 같았다.

"······전부, 자기만족이라는 건 알아. 지금의 엄마에게 아이를 보여줘도 의미 없는 일일지도 몰라. 하지만 어떻게든······ 엄마가 나를 알아볼 수 있을 때 내 아이를 안겨주고 싶었어."

거기서 모노우 씨는 훗, 하고 힘없이 웃었다.

자신이 우스꽝스러워서 참을 수가 없다는 듯 슬프게 자조하는 웃음이었다.

"······기적을 믿고 싶은 마음도 있었을까? 혹시 내 아이를 보면— 엄마가 줄곧 바라던 내 아이를 보여주면······ 그러면 엄마가 나를 제대로 봐 주지 않을까 하고. 과거의 내가 아니라 지금의 나를······."

유우코 씨가 보는 것은 과거의— 결혼한 당시의 모노우 씨.

아무리 말을 해도 그녀의 시계가 앞으로 나아갈 일은 없다.

그녀가 모노우 씨의 '지금'을 인식할 일은 없다.

하지만.

기적이 일어난다면—.

"그런 기적이 일어날 리 없지만."

모노우 씨는 깊게 숨을 토해냈다.

"뭐, 그래서······ 여기까지가 내 뒷사정이야. 내가 결혼도 연애도 포기하고 아무튼 아이만 원하는 이유. 사네자와에게 페어링을 부탁한 이유. 내 배경과— 내 본심."

"…………"

"어때? 아주 성가시고 귀찮은 여자지?"

자학적인 말투로 혼잣말처럼 뱉었다.

"정말…… 철두철미하고 이기적이라 진절머리가
나……. 태어날 아이에게도 실례잖아. 나는…… 내 자기만
족을 위해…… 엄마에게 속죄하기 위해 아이를 이용하려
는 거니까."

"…………"

"가능하다면…… 사네자와에게는 말하고 싶지 않았어.
복잡하게 뒤얽힌 내 마음의…… 추하고 엉망진창인 부분
따위."

마음에서 벗겨진 듯한 말이 입술에서 쏟아졌다.

"당신과는 아름답게 이별하고 싶었어. 그러면 당신의 첫
상대로서…… 당신의 마음속에서 영원히 아름다운 추억으
로 남아 있을지도 모르니까."

그녀의 눈에는 어렴풋이 눈물이 고였다.

본인도 알아챘는지 천천히 손가락으로 눈물을 훔쳤다.

"……하하. 정말 미안해. 귀한 골든위크 연휴에 이렇게
무거운 이야기를 해서. 하지만 이제 알았지? 내가 어떤 여
자인지……. 사네자와는 아직 젊으니까 이렇게 성가신 짐
을 짊어진 연상녀보다—."

"—모노우 씨."

그녀의 자학을 가로막듯 나는 입을 열었다.

⚤

사네자와는 말했다.

고요하지만 강한 의지가 느껴지는 목소리로.

"아까 어머님께 했던 말…… '타카후미' 씨인 척 한 말이 아니에요."

"……뭐?"

"애초에 타카후미 씨를 본 적도 없는걸요. 어떻게 그 사람인 척을 하겠어요. 그러니까 사실은 제 생각을 솔직하게 말했어요."

아까 어머님께 했던 말.

그건―.

―안심하세요.

―유이코 씨는 제가 꼭 지키겠습니다.

―평생 곁에 있겠습니다.

무슨 뜻이지?

그냥 분위기에 떠밀려 한 말 아니었어?

대충 그럴듯하게 한 말이 아니었어?

"어머님뿐만 아니라― 옆에 있던 모노우 씨에게도 한 말이었어요."

"……그, 그게 무슨."

당황한 내 옆에서 사네자와는 주머니를 뒤져 무언가를 꺼냈다.

작은 파란색 상자였다.

그리고 상자를 열어 보여주었다.

"—으."

나는 숨을 삼키고 말을 잃었다.

"……사실은 이걸, 크리스마스에 드리려고 했어요. 실은 이런저런 계획을 세웠거든요. 저녁 식사랑 서프라이즈 같은……."

열린 상자 안에는—.

반지가 있었다.

고급스러운 광택을 내뿜는 화이트골드 반지.

작은 다이아몬드가 은은한 빛을 내고 있었다.

"사이즈는…… 아마 맞을 거예요. 사실 크리스마스 전에 같이 잤을 때 모노우 씨가 잠든 틈에 몰래 사이즈를 쟀거든요……. 그렇게 비싼 건 아니지만요……."

겸손하게 말했지만, 싸구려가 아니라는 건 한눈에 알 수 있었다.

상사나 섹파 정도인 상대에게 줄 만한 게 아니다.

이건…… 이걸 받을 자격이 있는 건—.

"왜, 어째서?"

"이 정도 각오는 보여야 할 것 같아서요. 사회인이고, 빨리 아이도 원하고…… 그런 사람에게 백년해로할 각오도 없이 교제를 신청하는 건 실례잖아요. 뭐…… 결국 제가 마음만 앞서 고백하는 바람에 모조리 망쳤지만요."

크리스마스 전의 고백.

그것은 정말로— 충격적이었나 보다.

순식간에 마음이 흘러넘친 듯한 고백.

그래서 나도 마음속 어딘가에서— 이건 그의 일시적인 감정에 불과하다고 생각했다.

하지만 아니었다.

그는 고백 전부터 반지까지 준비했다.

나와의 미래를 진지하게 생각했다.

"모노우 씨. 역시 당신을 좋아해요."

사네자와는 말했다.

망설임 없이, 흔들림 없는 목소리로.

언젠가의 격정적이고 불안정한 고백과는 달랐다.

거듭 고심한 끝에, 그럼에도 양보할 수 없는 답을 발견한 듯한 흔들림 없는 각오로 가득 찬 음성이었다.

"고백에 실패한 뒤에도 계속 생각났어요. 계속 당신을 잊을 수 없었어요. 그러니까 역시…… 저와."

"잠깐만. 잠깐 기다려……."

나는 황급히 제동을 걸었다.

"왜? 어째서……? 다 말했잖아. 내가 왜 오늘 여길 데리고 온 줄 알아? 사실대로 설명하고 포기하게 하려고 했는데⋯⋯."

"그럴 거라고 생각은 했지만⋯⋯ 솔직히 별로 포기할 이유는 되지 못했어요."

"⋯⋯⋯⋯⋯."

"물론 놀랐고 충격받은 부분도 있었어요. 하지만 어쨌든 모노우 씨답다고 생각했죠. 이런저런 계획을 세웠던 이유는 모두 사랑하는 어머니를 위해⋯⋯. 모노우 씨다워요. 모노우 씨는 다정한 사람이니까요."

"⋯⋯으. 다정하지 않아."

"다정해요. 본인은 깨닫지 못한 모양이지만요."

다정하지 않다.

나는 철두철미하고 이기적이다.

회사에서는 '여제'라 불리는 여자.

토라무라 고신 일도 그렇다.

사람 하나가 죽어도 자기 이익을 최우선으로 생각한다.

전 남편과 이혼한 것도 내가 상대에게 맞출 마음이 없었으니까.

다정하지 않다.

다정할 리가 없다.

하지만.

그런 나를 이 사람은 다정하다고 말해 준다.

이토록 추한 나를 수없이 좋아한다고 말해 준다.

내 전부를 받아들여 준다—.

"······그만해."

나는 말했다. 목소리는 자꾸만 떨렸다.

"그만하라고. 나 같은 건······. 분명 또 망칠 거야. 어차피 내 앞가림을 하느라 바쁠 거야······. 엄마 일도 그래. 난 엄마를 떠날 수 없으니까. 만약 나와 사귄다면······ 사네자와는 엄마에게 내내 다른 남자로 인식될지도 몰라. 그렇게 허무한 일이 어디 있어? 이렇게 성가신 여자보다 더 괜찮은—."

"—모노우 씨. 그런 건 괜찮아요."

변명 같은 말을 반복하는 내게 사네자와는 타이르듯 말했다.

"이제 그만 알려주세요. 모노우 씨의 진심을."

"진심······."

"저를 어떻게 생각하세요?"

"······윽."

"좋아하는지, 좋아하지 않는지. 둘 중 하나로 대답해 주세요. 다른 말은 필요 없어요. 아직 한 번도— 그 대답을 듣지 못했거든요."

아아—.

그러고 보니 그랬다.

아연했다. 아직 그렇게 초보적인 질문에조차 대답하지 않았던 모양이다.

며칠 전에 카노마타 씨와 술을 마시며— 진심을 말해야 겠다고 생각했다.

그래서 오늘 숨겨 왔던 배경을 털어 놓았다.

하지만 잘 생각해 보면.

그건 그저 배경이고, 결국 진심은 아닐지도 모르겠다.

이 마당에도 한 번도 본심을 말하지 않았다. 아무것도 숨기지 않고 모든 것을 밝히려 했는데 아직 말하지 않은 게 있었다.

심장이 벌렁거렸다.

얼굴이 단숨에 뜨거워졌다.

말할 수 없다. 말하고 싶지 않다. 이렇게 부끄러운 말을 할 수 있을 리 없다.

하지만 이제 멈출 수 없다.

왜냐하면 본심을 제외한 모든 것을 토해냈으니까.

엉망진창이 된 마음을 메우던 무거운 짐을 눈앞의 남자 가 정성껏 없애 줬으니까.

나라는 최고로 성가신 여자는 이렇게까지 멍석을 깔아 주지 않으면 진심을 말하지 못하는 모양이다.

마음속 깊은 곳에 꽁꽁 봉인해 두었던 감정이 끌려 나 왔다.

"……좋아해."

나는 말했다.

말하고 말았다.

"좋아해, 정말 좋아해……. 나도 사네자와를 좋아해……!"

믿을 수 없으리만큼 얼굴이 뜨거워졌다.

왜인지 눈물이 나왔다.

돌아보면— 누군가에게 '좋아한다'는 말을 한 건 난생처음인지도 모르겠다.

좋아한다. 사네자와를 좋아한다.

해서는 안 된다고 생각했던 말.

인정해서는 안 된다고 생각했던 감정.

하지만— 사실은 알아챘으면서도 눈을 돌렸을 뿐. 내게는 이제 누군가를 좋아할 자격이 없다고 생각했고…… 무엇보다 두려웠다.

상대를 다치게 하는 게, 내가 다치는 게 두려웠다.

그래서 줄곧 내 본심에서 눈을 돌렸다.

"저도 모노우 씨를 정말 좋아해요."

사네자와는 기쁜 듯 웃었다.

"다행이에요……. 서로 마음이 통한 모양이네요, 우리……."

"그, 그러게……."

"뭐, 대충 눈치는 챘지만요."

"노, 농담이지……?!"

"레오파드 이름이 '하루히코'였던 게 꽤 결정적이었어요."

"~~~~윽."

그건…… 그건 정말로 큰 실수였지.

너무 부끄럽다.

키우기 시작한 반려동물에게 헤어진 연인의 이름을 붙인 여자 같다.

너무나도 쓸쓸하고, 너무나도 공허하고, 너무나도 안타깝다!

아아, 정말. 나는 사네자와를 너무 좋아하잖아!

"하, 하지만…… 서로가 좋아한다고 모든 게 해결되는 건 아니야……. 학생이라면 또 모를까 우리는 둘 다 성인이니까……. 좋아하는 것만으로는 안 돼."

"그런 건 나중에 생각해도 되잖아요?"

사네자와는 말했다.

"물론 어른의 연애는 좋아하는 것만으로는 안 돼요. 하지만 아마…… 좋아하지 않으면 시작도 안 될 거예요."

온화하게 자아낸 그 말은— 수없이 생각한 뒤 결론을 낸 듯한 그의 말은 신기한 설득력이 있었다.

술술 납득이 되었다.

좋아하는 것만으로는 안 된다.

하지만 좋아하지 않으면 시작도 안 된다.

"무언가가 해결된 건 아니고, 아직 문제는 산더미지만…… 하나하나 앞으로 같이 극복해 가면 돼요."

그렇게 말하며 그는 일어났다.

아스팔트에 무릎을 꿇고 내 앞에 앉았다.

반지가 든 상자를 들었다.

"좋아해요, 모노우 씨. 저와 결혼을 전제로 사귀어 주세요."

너무나도 직접적인 고백에 조금 당황했다.

너무 격식을 차린 것 같기도 하지만, 그래도 지금의 나는 얼버무릴 수 없었다. 이쪽을 정면으로 바라보는 눈동자에 꿰뚫렸다.

"……그래도 될까?"

쿵쾅대는 고동을 느끼며 물었다.

"정말 괜찮겠어?"

"네."

"나는 이미 서른이 넘었고, 사네자와보다 열 살 가까이 많은데."

"알아요."

"돌싱이고."

"다 알아요."

"……말하지 않았는데, 전 남편과 아직도 재산 분할 문제가 있고, 다음 달에 변호사와 함께 교섭도 할 거야……."

"그, 그건 처음 듣지만…… 극복해 봐요!"

"난…… 전혀 좋은 여자가 아니야. 장점이라고는 일머리 정도고…… 사적으로는 아주 칠칠치 못해."

"알아요."

"헬스장도…… 사실은…… 전혀 안 다녀!"

"진즉에 알고 있었어요."

분명 이런 문답에 의미는 없을 것이다.

포기하자.

이제 포기할 수밖에 없다.

사네자와가 너무 끈질기니 포기하자──는 게 아니다.

나 자신을 속이는 걸 포기할 수밖에 없는 모양이다.

더 이상 내 마음을 억누를 수 없다.

"그럼, 그…… 응."

나는 고개를 끄덕였다.

"나도 좋아하니까…… 자, 잘 부탁해."

막상 말로 하려니 변변찮은 말밖에 나오지 않았다. 처음으로 고백을 받은 중학생 같은 반응이었다.

사네자와는 부드럽게 웃더니 반지를 상자에서 꺼냈다.

내 왼손에 살며시 손을 대고 약지에 반지를 끼웠다.

몰래 사이즈를 쟀다더니 꼭 맞았다.

이혼 경험이 있는 나는 이 손가락에 맹세의 링을 끼우는 게 인생에서 두 번째다.

하지만 지금.

처음 느끼는 기분이 가슴을 메웠다.

그날 우리는 모노우 씨의 집에서 묵었다.

누가 먼저랄 것도 없이 자연스럽게.

지금까지는── 어떻게든 이유와 변명이 필요했다.

상대가 먼저 말을 꺼내지 않으면 숙박할 수 없었다.

우리는 연인도 친구도 아니었으니까.

하지만.

우리는 정식으로 연인이 되었다.

그렇다면 이제 내숭 떨 필요는 없을 것이다.

……아니, 뭐, 평범하게 생각하면 연인이어도 예의는 지켜야 하니 사귄 당일에 여자 친구 집에 자러 가는 남자는 조금 그럴지도 모르지만.

하지만…… 아무튼 참을 수 없었다.

정확히 설명할 수 있는 게 아니다.

몇 달 전에 헤어진 뒤 두 번 다시 처음 관계로는 돌아갈 수 없으니 빨리 포기해야 한다며 절망했다.

그런데 오늘 본래대로— 아니, 그보다 더 좋은 관계가 되었다.

들뜨지 않는 게 이상한 이야기일 것이다.

"…………윽."

방으로 들어오자마자 우리는 샤워도 하지 않고 침실로 향했다.

솟구치는 욕망에 몸을 맡기고 그녀를 침대로 밀었다.

평소처럼 옷을 벗기려는데,

"자, 잠깐만!"

모노우 씨가 외쳤다.

반쯤 풀어헤친 앞섶을 황급히 감췄다.

"자, 잠깐 기다려……! 부탁이야!"

"왜 그러세요?"

몸을 일으켜 상대의 얼굴을 보았다.

모노우 씨는── 믿을 수 없을 정도로 얼굴이 새빨갰다.

"부, 부끄러워……!"

양손으로 얼굴을 가리며 꺼질 듯한 목소리로 호소했다.

"어떡해……. 죽을 것 같아. 부끄러워서 죽을 것 같다고……!"

"아…… 부끄럽다니요……? 뭐가요?"

"그러니까…… 그런 걸 하는 게."

"……네?"

솔직히 이해가 안 됐다.

부끄럽다고?

그런 것…… 그러니까, 섹스가?

"……이제 와서요? 아니…… 오랜만이기는 하지만, 그렇지만 꽤 여러 번 한 것 같은데……."

"저, 전과는 다르잖아!"

필사적으로 외치는 모노우 씨.

"지금까지의 페어링은…… 뭐랄까, 어디까지나 아이를 만들기 위한 대의명분이 있어서…… 그래서 행위가 아이 만들기를 위한 수단이었잖아? 하지만 지금은…… 행위 자체가 목적이잖아?! 결국…… 수단 자체가 목적이 되었다고!"

"……?"

알 듯 말 듯 했다.

"그러니까, 그…… 우린, 사귀기 시작했잖아?"

"맞아요. 오늘부터…… 아니, 몇 시간 전부터."

"사네자와는 나를 좋아하지?"

"네."

"그리고 나도 사네자와를 좋아해……."

"……네."

"그래, 그러니까 의견 일치를 본 상태라고! 상호 간 호감에 대해 명확히 일치된 합의를 봤어……. 그 상태가 바로 '사귀는' 현상이지!"

"……?"

으응?

어쩌지? 또 모르겠다.

"서로를 사랑하는 두 사람이 사랑을 확인하기 위해 몸을 포개다니…… 다른 어떤 이유도 없이 행위를 위해 행위에 이르다니…… 그런 건, 진정한 섹스잖아!"

진정한 섹스.

뭐지? 뭔가 아주 강렬한 말이 나왔다.

"……난 몰라. 못 해. 부끄러워……. 이미 들켰잖아. 내가 사네자와를 좋아하는 걸……. 그렇게 합의된 상태로 행위에 이르다니…… 아무런 변명도 할 수 없는걸……."

"…………."

"아아, 그보다…… 부끄러워하는 게 제일 부끄러워……. 나도 모르겠어……. 왜 이러지……?"

"…………."

마침내 무슨 말이 하고 싶은 건지 알았다.

아마 모노우 씨는 지금까지 내내 진정한 알몸이 되지는 않았으리라.

수도 없이 알몸으로 몸을 포개면서도— 마음에는 무언가를 두르고 있었다.

대의명분이니, 이유니, 변명이니, 외양이니.

그런 다양한 이유를 여러 겹 두르고서 나와 행위에 임했다.

하지만 지금, 이 사람은 진정한 의미로 알몸이 되었다.

아무런 이유도, 필요성도 없이— 그저 서로가 하고 싶어서 섹스를 하려 한다. 아무래도 그것이 공연히 부끄러운 모양이라, 마치 첫날밤을 맞이한 아가씨처럼 부끄러워하고 있다.

"……하하."

나는 무심결에 웃었다.

"우, 웃지 마……."

"모노우 씨는 역시 정말 귀엽네요."

"~~~~윽."

끓어오른 듯 새빨개진 얼굴로 노려보았다.

"……노, 놀리지 마. 최선을 다하고 있단 말이야……."

"놀린 거 아니에요. 그저 모노우 씨의 귀여운 면을 하나 더 알았다는 이야기죠."

"……으. 그, 그걸 놀린다고 하는 거야. 아, 나도 몰라. 역시 오늘은 안 할래. 사네자와, 그만 집에 가."

"네? 자, 잠깐만요."

토라져 침대에서 일어나려던 모노우 씨를 황급히 막았다.

그대로 뒤엉켜 넘어지듯 다시 침대에 누웠다.

"……풉."

"하핫."

서로 웃으며— 누가 먼저랄 것 없이 입술을 포갰다.

아직 부끄러움이 남은 그녀의 옷을 한 장, 한 장 벗겨 알몸으로 만들었다. 나도 옷을 벗어 실오라기 하나 걸치지 않은 모습으로 몸을 포갰다.

수없이 했던 페어링—이 아니다.

이제 그런 명칭은 필요 없을 것이다.

이름이 필요했던 것은— 특수한 관계였기 때문이다.

남들 앞에서 말하기에 거부감 없는 단어가 좋겠다는 것이 주된 이유였지만, 그 외에도 이름을 붙인 의미는 있었다.

일부러 특수한 호칭을 써서 특수성을 자각할 수 있었다.

이것은 평범한 일이 아니라고, 자신들에게 되뇔 수 있었다.

하지만.

이제 그런 호칭은 필요 없다.

왜냐하면 우리는 평범한 일을 평범하게 할 뿐이니까.

지극히 평범하게 사랑하는 남녀처럼 이유 없이 살갗을

포갠다.

　대단히 특수한 경위로 시작된 우리의 러브 코미디는 아주 흔한 결말을 맞이한 모양이었다.

퇴근길, 독신 미인 상사에게 부탁받아서

에필로그

4개월 뒤—.

잔업을 마치고 퇴근하자,

"왔어? 하루히코."

사랑하는 그녀가 맞이해 주었다.

"다녀왔어요, 유이코 씨."

복도를 걸으며 넥타이를 느슨하게 풀었다.

교제한 지 4개월, 우리의 생활은 반동거 형태가 되었다. 나는 집에는 거의 들어가지 않고 모노우 씨네 집에서 생활한다.

짐도 거의 이 집으로 옮겼기에 슬슬 방을 빼고 완전히 동거할까 하는 중이다.

그렇게 되면 집세나 관리비 등도 나눠야 하지만, 그건 차차 상의하도록 하자.

"일은 어땠어?"

"오늘은 겨우 해결했어요……. 아직 예단할 수 없는 상황이지만요."

"생각보다 난항이네. 쿠츠와 담당작 애니화."

"그 녀석도 운이 좋은 건지, 나쁜 건지……. 편집부로 이동해서 서브 담당한 작품이 빠르게 애니화 결정됐으니까요. 일이 늘어나서 매일 한탄해요."

"어쨌든 기대되네. 편집부의 쿠츠와와 영업부의 하루히

코가 손잡고 하는 일이잖아."

"아니에요. 저희는 둘 다 아직 서브나 마찬가지니까요."

"내 부하였던 두 사람이야. 기대할게."

유이코 씨는 즐겁게 말했다.

나는 양복 재킷을 벗으며 방구석에 있는 렙타일 박스로 향했다. 투명한 케이스 안에는 하이옐로 레오파드가 있었다.

"다녀왔어, 하루코. 잘 있었어~?"

말을 걸어도 반응은 없다. 뻔뻔한 얼굴로 느릿느릿 걷고 있다.

한때 하루히코로 명명되었던 레오파드는 나와 헷갈린다는 이유로 하루코라는 이름으로 변경되었다.

심지어 암컷이었던 모양이다.

"하루코 먹이는 벌써 주셨나요?"

"응. 아까 레드로치를 줬어. 얼마 안 남아서 또 카에한테 받으러 가야 해……. 으음, 이제 직접 번식시키는 게 나으려나?"

태연하게 말하는 유이코 씨.

레드로치=식용 바퀴벌레.

살아 있는 먹이에 기겁하던 유이코 씨인데…… 레오파드를 키우기 시작한 뒤로 곤충 먹이에도 재빨리 적응했다.

파충류를 키우기 시작하면 금세 익숙해지는 사육자가 많다지만, 설마 이 정도로 빠르게 극복할 줄이야.

귀뚜라미는 물론이거니와, 지금은 레드로치를 아무렇지

도 않게 준다.

심지어 번식을 검토하고 있을 정도다.

재미있는 변화라고 할 수 있을 것이다.

"……변했네요."

"응?"

"아뇨, 많이 변한 것 같아서요. 4개월 동안."

"그래. 서로의 호칭도 변했고."

확실히 호칭도 변했다.

'모노우 씨'에서 '유이코 씨'로.

'사네자와'에서 '하루히코'로.

"처음에는 쑥스러웠지만, 이제 익숙해졌어요."

"원한다면 존댓말도 안 써도 되는데."

"……아니요, 존댓말만은 좀."

"왜?"

"존댓말까지 안 쓰면 진짜로 회사에서 실수할 것 같거든요. 회사에서도 평범하게 반말이 나올 것 같아요."

"아, 그렇구나. 하루히코는 위험할 때가 많으니까."

"…….."

"……유이코 씨한테는 듣고 싶지 않네요. 저번에 회사에서 무심코 '하루히코!'라고 부르셨잖아요."

"뭐……? 나는 한 번뿐이잖아!"

"그 한 번이 엄청났다고요."

"하아……. 슬슬 우리 관계를 공표할 시기를 생각해 봐야겠어."

"그러게요."

우리는 이제 억지로 감춰야 할 관계가 아니다.

입적과 결혼 보고 타이밍 등도 몇 번인가 상의했다.

그런 단계에 접어들었다.

지난 4개월 동안 다양한 일을 거치며 그런 단계로 들어선 것이다.

"지난 4개월 동안 많은 사건도 있었죠……."

"그러게……."

우리는 차분히 이야기했다.

"둘이 치바에 여행 갔다가 형네 부부와 마주쳐서 급히 저희 본가에 묵게 됐고요."

"……하루히코 가족분들이 깜짝 놀라셨지. 아무래도 내가 연상이라 신경 쓰였던 게 아닐까? 아주버님보다 나이가 많잖아……. 엄청 마음 쓰시는 것 같았어."

"아니요. 그건 별로 문제없었어요. 굳이 따지자면 제 회사 상사라서 마음 쓴 걸 거예요."

"그렇다면 다행이지만."

"그리고…… 유이코 씨의 전 남편과도 만났죠."

"……그랬지. 주소를 알려줬는데 회사 앞에서 기다려서……. 정말이지…… 설마 이제 와서 얼굴을 보일 줄이야. 재판 말고는 만날 생각도 없었는데."

"아니에요. 저는 오히려 만나서 다행이었어요. 한 번은 얼굴 보고 얘기하고 싶었거든요. 만나지 않으면 제멋대로 아주 거대한 가상의 적으로 만들었을 테니까요."

"그래?"

"인사할 수 있어서 좋았어요. 이제부터는 제가 배우자라고."

"흐음. 그런 거구나."

사귀었다고 해서 다 해피엔딩으로 끝나는 건 아니다.

살다 보면 그것만으로 사건이 일어난다.

그 하나하나를 극복하고 우리는 지금 이곳에 둘이 함께 있다.

즉― 아주 행복하다는 뜻이다.

"커피 끓일게."

그렇게 말하며 유이코 씨는 주방으로 가 차콜 커피를 끓였다. 독특한 냄새가 비강을 간질였다.

이전에는 '이 집에 왔을 때의 루틴'처럼 생각했지만, 최근에는 매일 둘이 마신다.

특별한 루틴에서 일상의 루틴으로 변했다.

"마셔."

"감사합니다."

"참, 이번 주말 일정 말인데."

"어머님 뵙는 거요? 저도 같이 갈게요."

"……괜찮은데. 억지로 따라오지 않아도 돼."

"갈래요. 저도 뵙고 싶거든요."

"……고마워."

"아니에요."

커피를 마시며 담소를 나누다― 문득 깨달았다.

마주 앉은 그녀가 아무것도 마시지 않는다는 것을.

"어라? 커피 안 드세요?"

커피를 마실 때는 대개 늘 함께 마셨는데.

"아…… 그러게."

유이코 씨는 조금 우물쭈물했다.

"오늘부터는 자제하려고. 평범한 커피보다는 카페인이 적어서 신경 안 썼지만…… 앞으로는 더 조심하는 게 좋을 것 같아서."

"…………"

"그래서 디카페인인 민들레 커피를 사 봤어. 맛있으면 좋겠는데……. 아, 하루히코는 신경 쓰지 말고 마셔도 돼."

"…………"

너그러운 말투였지만 이윽고 알아챘다.

여성이 카페인을 피하는 이유.

다양하긴 하겠지만, 가장 많은 패턴은―.

"호, 혹시."

"……응. 오늘 병원에서 검사하고 왔는데."

유이코 씨는 말했다.

사랑스럽게 배를 문지르며.

"생겼다나 봐."

"…………."

"일단 간이 검사로 알고 있기는 했지만, 괜히 설레발치면 안 되니까 말 안 했어. 보고가 늦어서 미안해."

"……해, 해냈다. 축하드려…… 아니, 감사합니다?"

감동한 나머지 말이 제대로 나오지 않았다.

"아무튼 기뻐요."

"후훗. 고마워."

"어머님께도 보고해야겠네요!"

나는 말했다.

임신은 그녀가 염원하던 일이었다.

어머님께 아이를 안겨드리는 것이 그녀가 바라는 효도.

페어링이라는 특수한 관계는 끝났지만, 그녀는 교제 이후에도 피임하지 않고 행위에 힘쓰며 임신을 원했다.

사랑하는 어머니를 위해.

마지막 효도를 위해.

그런데 그녀는,

"아아, 그러게. 엄마한테도 보고해야지."

어쩐지 건성건성 말했다.

"유이코 씨?"

"……신기하지? 그렇게 엄마 생각을 했는데……. 그래서 부하인 당신에게 '아이 만들기만 해 줬으면 좋겠다'는 바보 같은 부탁을 했는데. 그런데— 임신한 걸 알았을 때 가장 먼저 당신 얼굴이 떠올랐어."

온화한 눈빛으로 나를 똑바로 바라보았다.

"임신했다고 말하면 어떤 표정을 지을까? 어떤 식으로 기뻐해 줄까? 아이를 안은 당신은 어떤 얼굴을 할까? 아이에게는 어떤 이름을 짓고 싶다고 말할까? 당신은 어떤 아빠가 될까……? 그런 생각만 나더라."

"…………"

"엄마 생각은 조금 늦게 났어. ……불효녀지? 엄마 상태가 그런데 내 생각만 하고."

"……그게 뭐 어때서요."

나는 말했다.

"어머님도 분명 딸의 행복을 가장 바라실 거예요. 첫 결혼을 진심으로 기뻐했던 것도, 아이를 빨리 가지라고 하셨던 것도…… 모두 다 딸의 행복을 바랐기 때문이겠죠."

딸이 행복해지길 바란다.

결국 유우코 씨의 바람은 그게 다였을 것이다.

가치관이나 생각의 차이는 있었지만…… 그녀는 그저 딸의 장래를 염려하고 행복을 기원했을 뿐이다.

딸의 행복한 삶을 마다할 리 없다.

"아, 그게…… 오지랖이 넓었네요."

"……아니야. 맞는 말인 것 같아."

작게 고개를 저었다.

"우리 엄마는 그런 사람이었어. 언제 어떤 때든 내 행복을 최고로 바라는 사람. 언제나 내 편이 되어 준 사람."

모노우 씨는 말했다.

조용하고 온화하게, 하지만 어딘가 어린애 같은 말투로.

"아아, 그렇구나……. 그래. 쓸데없이 복잡하게 생각하지 말고 난 그저— 행복해지면 됐던 걸까? 그게 최고의 효도……라는 건 너무 이기적인가?"

"이기적이면 좀 어때요."

그렇게 말하자 그녀는 웃었다.

정말로 밝은 미소였다.

마침내 지고 있던 짐에서 벗어난 듯한— 아니.

어쩌면 처음부터 짐 같은 건 없었는지도 모른다.

해소해야 할 문제도, 풀어야 할 저주도, 그녀에게는 존재하지 않았다.

모든 것은 마음의 문제여서, 그렇기에 어렵고— 그렇기에 의외로 단순한 이야기였다.

"난…… 이 아이를 열심히 키울 거야. 엄마처럼 훌륭한 엄마가 될 수 있도록."

"……아, 하지만."

짐짓 시치미 떼듯 덧붙였다.

"갑자기 그러기는 어려울지도 몰라. 엄마에게는 어떤 의미로 연륜이 있었다고나 할까? 과거에 한 번 육아를 경험했으니 여유가 있었을 거야……. 내가 갑자기 혼자 다 짊어지고 엄마처럼 되려는 건 어려울 것 같아."

그러니까, 하고 말하며.

그녀는 나를 바라보았다.

"당신도 도와줄래?"

"네. 기꺼이요."

퇴근길―.

미인 상사에게 부탁받아서 나는 즉각 고개를 끄덕였다.

퇴근길, 독신 미인 상사에게 부탁받아서

작가 후기

포유류와 달리 파충류에게는 쓸쓸하다는 감정이 없다고 합니다. 아무리 인간이 애정을 쏟아 키워도 파충류에게 사랑은 전해지지 않습니다. 주인에게 익숙해지기는 해도 따르지는 않습니다. 저도 파충류 반려동물을 키우고 있지만, 실제로 그렇습니다. 신기하게도…… 처음부터 기대하지 않으면 따르지 않아도 아무렇지 않습니다. 전혀 사랑을 돌려주지 않는 상대에게 대가 없는 사랑을 바치는 것에 아무런 스트레스도 받지 않습니다. 하지만— 상대가 인간일 때 왜 우리는 대가 없는 사랑을 바치지 못하는 것일까요? 보답을 바라게 됩니다. 사랑을 사랑으로 돌려받고 싶어집니다. 상대에게는— 인간에게는 마음이 있으니까. 마음이 있다고 믿고 싶으니까. 자신과 비슷한 마음으로, 자신과 비슷한 생각을 공유하고 있다는 걸 확인하고 싶으니까. 이번 작품의 두 사람도 파충류가 아니기에 사랑은 꼬이지만…… 그렇기에 유일무이하게 숭고한 존재가 된 것 같습니다.

여하튼 저는 노조미 코타입니다.

몸뿐인 관계였던 두 사람이 그걸로만 끝낼 수 없게 된 러브 코미디 제3탄. 여기서 일단락되었습니다. 쓰고 싶었던 것은 거의 다 썼습니다.

원작은 일단락되지만 만화는 아직 계속됩니다! 이번 작

품의 코미컬라이즈에서는 제가 원작자로 시나리오와 콘티 등에도 적극적으로 참여해서, 좋은 의미로 원작 소설과는 또 다른 맛의 이야기가 될지도……! 만화에서만 느낄 수 있는 매력과 스토리 등을 보여드릴 테니 기대해 주세요!

이하 감사 인사.

담당자 칸베 님. 이번에도 신세가 많았습니다. 라이트노벨답지 않은 기획을 통과시켜 주셔서 감사합니다. 일러스트레이터 시노 님. 멋진 일러스트를 완성해 주셔서 감사합니다. 상당히 생생한 내용인 본 작품이 청량감과 투명감 있는 작품으로 완성된 것은 모두 시노 님의 힘입니다.

그리고 독자 여러분께 가장 큰 감사를 드립니다.

그럼 인연이 된다면 또 만나요.

노조미 코타

SHIGOTOGAERI, DOKUSHIN NO BIJINJOSHI NI TANOMARETE Vol.3
©Kota Nozomi, Shino 2024
First published in Japan in 2024 by KADOKAWA CORPORATION, Tokyo.
Korean translation rights arranged with KADOKAWA CORPORATION, Tokyo.

퇴근길, 독신 미인 상사에게 부탁받아서 3

2024년 12월 15일 1판 1쇄 발행

저 자	노조미 코타
일 러 스 트	시노
옮 긴 이	조민경
발 행 인	유재옥
담 당 편 집	박치우
이 사	조병권
출판본부장	박광운
편 집 2 팀	정영길 조찬희 박치우
편 집 3 팀	오준영 이소의 권진영 정지원
디자인랩팀	김보라 이민서
디지털사업팀	박상섭 김지연 윤희진
라이츠사업팀	김정미 임지윤 이윤서
영업마케팅팀	최원석 윤아림 이다은
물 류 팀	허석용 백철기
경영지원팀	최정연
발 행 처	(주)소미미디어
인쇄제작처	코리아피앤피
등 록	제2015-000008호
주 소	서울시 마포구 토정로 222, 502호(신수동, 한국출판콘텐츠센터)
판매및마케팅	(070)8822-2301

ISBN 979-11-384-8526-5
ISBN 979-11-384-8420-6 (세트)